님아,
그 강을 건너지
마오

님아,
그 강을 건너지 마오

76년 일생의 연인, 변치 않는 사랑의 깨달음

진모영 지음 | 이재영 엮음

북하우스

사랑이 있는 삶, 생의 끝에서 나는 사랑이 있는 삶을 살았노라
사랑하라고, 매 순간 끊임없이 쉬지 말고 사랑하라 말하였네

프롤로그

사랑의 봄, 여름, 가을, 겨울

꽃처럼 향기롭고

꽃보다 아름다운

당신과 나의 사랑가

계절이 지나고 꽃과 풀이 새롭게 태어나듯, 우리의 사랑도 해마다 다시 새로워졌습니다. 사람들은 물어요. 어떻게 그렇게 오래도록 사랑했냐고. 우리에게 그것은 작년에 심은 나무가 훌쩍 자라고, 한두 송이 옮겨 심은 꽃밭이 무성해지는 것과 다르지 않았습니다.

처음엔 사랑인 줄도 몰랐습니다. 자식들을 다 키우고 돌아보니 그게 사랑이었더군요. 내가 당신을, 당신이 나를 생각하는 애틋한 마음. 그게 사랑이었어요. 그걸 안 뒤로 우리는 서로 "사랑해요"라는 말을 많이 했지요. 봄이면 꽃이 피는 만큼, 여름이면 물이 흐르는 만큼, 가을이면 바람이 부는 만큼, 겨울이면 눈이 쌓이는 만큼, 아니 그보다 더 많이 사랑한다고 이야기했습니다.

"사랑해요, 할아버지."

"사랑해요, 할머니."

그래도 부족합니다. 앞으로도 살아온 세월만큼 사랑한다고 하고 싶습니다. 젊어서는 우리, 꽃처럼 참 예뻤지요. 아니 꽃보다 더 예뻤어요. 건장한 당신은 가족들 배곯지 않도록 몸이 부서지게 일했습니다. 바깥일은 다 남자 몫이라며, 저에게 밭일도 시키지 않았어요. 저는 그게 참 고마웠어요. 열두 번 출산을 해 여섯을 잃었지만, 나머지 여섯 아이를 위해 열심히 살았습니다. 집안 일, 자식 일 걱정하지 않도록 늘 쓸고 닦고 따끈한 밥을 준비했지요. 지금 생각하면 그때 우리는 정말 꽃 같았습니다. 속절없이 흐른 세월을 생각하면 마음이 아주 맵지만, 어쩌겠어요. 함께 사는 내내 정말 좋아서, 만날 좋아서, 그래서 세월이 이렇게 지나는 줄도 몰랐는걸요.

"나 예뻐요?"

"예뻐요. 아주 귀여워요."

"고마워요."

"내가 고마워요."

꽃은커녕 나무처럼 주름이 가득해졌어도 당신은 늘 나에게 예쁘다고 해주었습니다. 예쁘고 귀여워서 일도 안 시켰다는 옛날 얘기를 할 때면, 그 시절의 나를 보듯 한결같은 눈으로 바라봐주었지요. "아재 아재" 하던 어린아이가 "여보 여보" 하며 살다가 "할아버지 할머니"라고 부를 때까지 떨어지지 않고 손을 꼭 잡고 살았어요. 그 세월에 감사합니다. 그 시간 속에 함께 있어줘서 고마워요. 그렇지 않았다면 지금쯤 수풀 속의 새처럼 추운 밤 외로움에 떨며 울었을 거예요.

"여보 할머니, 나 때문에 고생 많이 했어요."

"여보 할아버지, 덕분에 행복했어요."

잠을 못 이루는 날이면, 마음속에 담아둔 당신과의 계절을 꺼내봅니다. 봄에는 꽃을 꺾어 서로의 머리에 꽂아주고, 여름엔 강가에서 물장구를 치고, 가을엔 낙엽 속을 거닐고, 겨울이면 눈싸움을 하던 기억들을 소중히 꺼내 들여다봅니다. 그 추억의 순간들은 영원히 가슴속에 남아 살아갈 힘을 줍니다. 그리고 다시 한 번 조용히 불러봅니다.

"사랑해요, 할아버지."

"사랑해요, 할머니."

강물이 흘러갑니다. 세월이 흐르듯 강물이 흘러요. 봄이면 나물 씻고, 여름이면 자식 손자들 시원하게 멱도 감고, 볕 좋은 가을날 겨울 준비하며 이불 빨래도 하던 강이 쉼 없이 흘러요. 야속하네요. 그 강이 있어 물 걱정 없이 살았는데 뒤도 안 보고 제 갈 길 가는 물줄기를 보노라면 그게 지나간 청춘 같아 속이 쓰려요. 이제는 함께 물놀이를 하던 당신이 훌쩍 그 강을 건너가버린 것 같아 물소리만 들어도 눈물이 나요. 그곳에서 아이들은 만났어요? 옷 잘 챙겨 입고 계시나요? 보고 싶어요, 여보.

"내가 없더라도 잘 있어요."

"우리 꼭 다시 만나요."

차례

PART 2

꽃보다 귀한, 꽃처럼 피어나는 부부

PART 3

강 너머 오래된 집

에필로그

대담

당신은 영원한 로맨티시스트

소중한 이여, 남편의 잠버릇

눈이 하얗게 내리던 날

뒷간 앞의 사랑가

세상에 이런 부부가 또 있을까요?

사랑해요, 고마워요

part 1

우리는 76년째 연인입니다

너를 알고 난 다음부터 나는
잠을 자도
혼자 잠을 자는 것이 아니라
너와 함께 잠을 자는 것이요

너를 알고 난 다음부터 나는
길을 걸어도
혼자 걷는 것이 아니라
너와 함께 걷는 것이요

너를 알고 난 다음부터 나는
달을 보아도
혼자 바라보는 달이 아니라
너와 함께 바라보는 달이다

너를 알고 난 다음부터 나는
노래를 들어도
혼자 듣는 노래가 아니라
너와 함께 듣는 노래이다

– 나태주 〈너를 알고 난 다음부터 나는〉

서로를 알고 난 다음부터 무엇을 하든 함께였다. 같이 있지 않아도 함께였다. 오른팔과 왼팔이 한 몸에 붙어 있듯, 매 순간 어디에서 무얼 해도 곁에 있었다. 76년간의 연인은 그렇게 함께 손을 잡고 생의 언덕을 올랐다. 요즘 사람들은 사랑에 유효기간을 매긴다. 도파민, 옥시토신, 엔도르핀이 사랑을 만든다고 말하면서 말이다. 그들에게 76년은 사랑하기엔 너무 긴 시간일 것이다. 그러나 할아버지와 할머니의 사랑은 시간으로 매길 수 있는 것이 아니었다.

처음엔 사랑이 사랑인 줄도 몰랐다. 이제와 언덕 위에 올라서 보니 모든 것이 사랑이었다. 잠시 떨어져도 그립던 마음, 보자마자 달려가 안아주고 싶던 마음, 넘어지면 일으켜주고 함께 아파하던 마음, 그렇게 늘 곁에 두고 싶던 마음이 사랑이었다.

언덕 아래 펼쳐진 지난 시간은 꽃밭이었다. 사람들은 행복한 삶을 위해 울타리 안에 가시 돋친 장미를 찾지만 할아버지와 할머니는 그러지 않았다. 그들 인생은 화려한 장미가 아닌 코스모스 가득한 꽃밭이었다. 가을 들녘 산들바람 사이로 일렁이는, 흔해서 더 반가운 어여쁜 꽃. 지나는 이라면 누구나 볼 수 있고 만질 수 있는 꽃.

무리 지어 피어나면 더욱 더 고운 코스모스의 꽃말은 순정이다. 순정으로 가득한 할머니 할아버지의 사랑은 특별한 삶이 아니라도 아름다울 수 있다는 걸 알려줬다. 아니 오래도록 사랑하는 것만으로 생이 특별할 수 있다는 걸 가르쳐줬다. 이 부부가 보여준 삶으로 어쩌면 이제 사랑의 유효기간은 다 무효가 될지도 모르겠다.

"밭일 끝나고 저쪽에서 오면 내가 이만큼 나가 기다리고 있거든.
그러면 할아버지가 기다리던 나를 보고 반가워 뛰어와서 확 끌어안아주었어.
이웃이 보면 흉 잡힐지 모르니 그저 아이 품듯 안 보이게 꼭 안고
집 담장 안으로 들어오고 그랬어.
어찌나 좋은지. 그때는 땀에 절어 와도 땀냄새가 하나도 안 나더라니까.
그냥 그렇게 보기만 해도 좋아."

"일 끝나고 어둑해질 때 집까지 한참인데, 저만치 할머니가 보이면,
아니지, 그땐 할머니 아니었지. 안사람이 보이면 얼른 달려가 안아줬지.
누가 보는 게 뭐가 중요해. 반가운데. 그렇게 반가워.
아침에 보고 나왔는데도 반가워서 얼굴 보면 품에 꼭 넣었지.
내가 나기도 전에 아버지와 헤어지고,
혼자 계시던 어머니마저 아홉 살에 돌아가시고
내 편 하나 없이 떠돌다가 만난 인연인데,
나를 보듬어준 유일한 내 편인데 얼마나 소중하겠어."

76년, 짧지 않은 세월, 아니 누군가와 함께 살기에 너무나 긴 세월이에요. 그래도 지루하거나 고되다고 생각해본 적 없어요. 함께 있어 마냥 행복하고 좋았어요. 솔직히 말하면요, 부모님께 죄송하지만 어머니보다 아버지보다 좋았어요. 그렇게 좋더라구요. 누군가가 나만 바라봐주는 게, 내가 사랑을 쏟을 상대가 있다는 게. 이젠 우리도 늙어, 넘어지기라도 하면 큰일 날 나이가 됐지만 하나도 겁나지 않아요. 내 옆에 당신이,

당신 곁에 내가 있잖아요. 사랑하는 사람이 곁에 있다는 건 아주 큰 행운이래요. 76년 동안 사랑하는 연인으로 살고 있으니 우리는 참 복이 많은 것 같아요. 그렇지요?

당신은 영원한 로맨티시스트

사랑하는 만큼 표현하는 것. 옛날 사람들에게 그것은 사랑하는 것보다 더 어려운 일이었습니다. 부끄러워서 쑥스러워서 아니 그보다 다른 사람들의 이목이 신경 쓰여서 좋아도 좋다고 말할 수 없었어요. "아이구, 남우세스러워라." 한마디에 눈길 한 번 보내기 쉽지 않던 시절이었지요. 지금도 거리를 지나면 저만치 앞서 가는 할아버지와 남인 듯 뒤를 쫓는 할머니를 종종 만날 수 있습니다. 정이 없어서라기보다 그렇게 사신 거예요. 나란히 걷는 게 흉이 되던 시대를 사신 탓인 겁니다.

그런데 76년 전에 결혼한, 한참 옛사람들인 이 부부는 그때나 지금이나 나란히 손을 잡고 걷습니다. 가끔은 뽀뽀도 하구요. 이렇게 젊은 이들도 부러워할 닭살 부부가 될 수 있었던 데는 할아버지가 세상에 내놓을 만한 로맨티시스트였기 때문입니다.

할아버지는요, 사랑하는 만큼 표현할 줄 아는 사람이었습니다. 다른 사람 눈치를 보느라 그걸 감추어서 할머니를 서운하게 하지 않았어요. 우선순위는 늘 할머니였습니다. 그리고 세상 제일인 사람에게 그에 맞는 대접을 해줬지요. 아마 할아버지는 본능적으로 아셨던 것 같아요. 다른 이의 눈치를 보느라 정작 내 눈앞에 있는 사람과의 현재를 놓치는 건 바보 같은 일이라는 걸 말이죠.

할아버지의 이런 성격 덕분에 두 분은 그저 오래된 부부가 아닌 '오래도록 사랑한 부부'가 됐습니다. 그리고 할아버지는 이렇게 돈이나 명예나 명성 따위 없이 상대를 향한 마음을 표현하는 것만으로 특별한 삶을 살았습니다.

"나 별도 따다 줄 거예요?"

"그럼요, 따다 주죠. 두 개 따서 할머니도 하나 주고 나도 하나 갖지요."

사랑은 부끄러운 것이 아니라는 걸, 표현하면 할수록 곱이 된다는 걸 삶으로 알려주신 할아버지와 할머니. 가끔 밤하늘을 보며 할머니가 저 별 좀 따주세요, 하면 할아버지는 얼른 대답했습니다.

"따 줄게요. 곧 내가 따 줄게요."

76년이 지나도록 아직 별을 손에 쥐진 못했지만 그래도 약속은 늘 유효합니다. 이렇게 별도 달도 따다 주고 싶은 예쁜 각시에게 할아버지는 바깥일을 시키지 않았습니다. 요즘이야 흔한 이야기지만 할아버지와 할머니가 청춘을 보내던 시절은 다 자란 어른이라면 먹고 살기 위해 집안의 일꾼이 되어야 했던 때였습니다. 손 하나가 아쉬운 시절이었죠. 집집마다 안사람 바깥사람 구분 없이 나와 밭일을 해야 먹고 살 수 있었어요. 일을 하다 말고 아이를 낳는다는 이야기가 흔했던 시절이었습니다. 그래도 할아버지는 할머니에게 바깥일을 시키지 않았습니다.

할아버지는 "여자 하나 건사하지 못하는 건 사내도 아니야"라고 자신 있게 말할 수 있는 삶을 살았지요. 솜씨가 좋은 할아버지는 이곳저곳을 다니며 품을 팔았는데, 낮이면 이것저것 할 수 있는 일들을 했습니다. 가지고 있는 기술로 신작로를 낼 때도, 집을 짓거나 건물을 올리는 곳에서도 품을 팔았어요. 그렇게 낮 동안 품을 팔고 돌아와 밤이면 달빛 아래 김을 맸지요. 밭일은 처음부터 자신의 몫이라고 생각했습니다. 작고 어린 색시가 귀엽고 예뻐서, 내 사람으로 내 식구로 함께 있는 것만으로도 좋은데 험한 일까지 시키고 싶지는 않았습니다.

"왜 일은 시키지 않았어요?

"예뻐서 안 시켰어요. 일은 내가 다 하면 되니까."

그렇다고 가만히 놀고 있을 할머니가 아니죠. 할머니는 달이 훤한 밤까지 일을 하는 할아버지 곁에서 베를 짰습니다. 지아비만큼 솜씨가 좋았던 색시가 집안에서 할 수 있는 일을 한 거예요. 바깥일을 하지 않아 한 동네에 오래 살도록 웃골인지 냇골인지 나뭇골인지 하나도 몰랐지만, 집안 사정만큼은 할머니 손 안에 있었죠. 바느질과 부엌일은 자신 있었던 할머니. 사람 좋아 마냥 허허 웃는 할아버지를 대신해 아이들을 단속하는 것도 할머니의 몫이었습니다.

할머니는 언제나 깔끔하게 청소를 하고 세 끼 따뜻한 밥을 지었지요. 진부에 살 때만 해도 옥수수에 감자를 많이 먹었지만 아이들 학교 다닐 무렵 옮겨온 횡성에서는 쌀밥을 자주 먹었어요. 할머니는 그것이 새벽 4시에 나가 저녁 9시까지 한눈 팔지 않고 가족을 위해 일한 신랑 덕분이라고 생각했습니다. 가족을 위해 몸이 부서지게 일하던 가장과 그 가장을 꼭 닮아 엽렵한 색시. 바라만 봐도 예쁘고 사랑스러운 아내와 살아서 할아버지는 힘든 줄도 몰랐습니다.

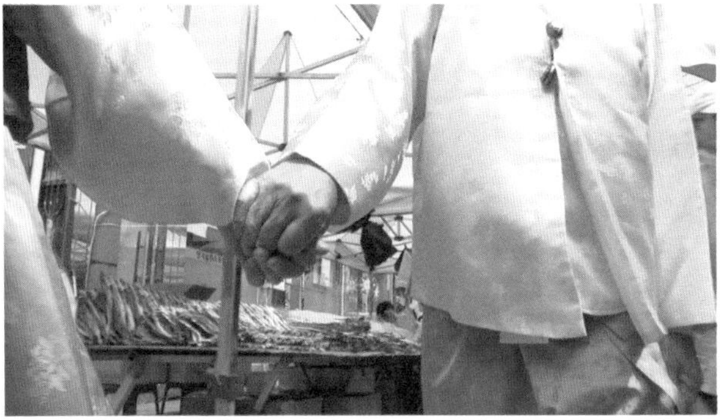

이렇게 할아버지는 사랑을 아는 남자였습니다. 지금도 TV를 보다가 할머니가 "아유, 저 곶감 맛있겠네." 혼잣소리를 하면 어느새 사라져, 손에 곶감을 들고 나타나는 그런 로맨틱한 남자라지요. 외로운 삶에 별처럼 찾아온 어린 색시가 넘어지기라도 할까 싶어 그 발걸음을 좇고, 그러다 정말 엎어져 다치면 얼른 달려와 쓰다듬으며 "호~" 하고 따뜻한 입김을 불어 넣는 그런 친절한 남편. 76년이 지나도록 아내가 너무나 사랑스럽고, 그 앞에서 아흔이 다 된 할머니도 어리광을 부릴 수 있게 해주는 할아버지.

"사랑은 지금이다.
사랑은 '하였다'도, '하리라'도 아니다.
언제나 사랑은 '한다'이다."

고은 시인이 말했지요. 네, 그래요. 사랑은 바로 이 순간입니다.

그런 면에서 자신 앞에 놓인 사랑에 대해 열정을 다했던 할아버지.

현재에 최선을 다하는 사랑.

그것을 실천했던 할아버지는 최고의 로맨티시스트입니다.

소중한 이여, 남편의 잠버릇

소녀는 대장간 집 첫째 딸이었습니다. 어느 날 부족한 일손을 채우기 위해 아버지가 한 청년을 데리고 왔습니다. 청년은 부모도 형제도 없다고 했습니다. 묵묵히 시키는 일을 제법 잘 해내던 청년을 보고, 아들을 잃고 딸만 두었던 소녀의 어머니는 청년을 데릴사위로 삼고 싶어 했습니다. 가장 큰딸인 소녀 짝으로 그만이라고 생각했지요. 어깨너머 배운 솜씨를 살려 자투리 천으로 조각보도 만들고, 한복도 곧잘 짓던 소녀는 그래봤자 이리저리 뛰어다니느라 바쁜 열네 살 작은 아이였습니다.

아직 어렸지만 그 해 가을, 잔치가 열렸습니다. 잔치가 열리는 날까지도 소녀는 어리둥절 시집을 가는 건지 그것이 뭔지도 몰랐습니다. 소녀와 청년은 그 날로 한 방에서 살게 됐습니다. 아재라 부르던 청년과 왜 한 방을 써야 하는지 알 수 없었지만 소녀는 싫지 않았습니다. 좁은 방에서 동생들과 구겨 자는 것보다 훨씬 좋았으니까요. 소녀는 마냥 좋아 새 방에서 금방 잠이 들었습니다.

"내가 겁이 나서 무서워할까봐 안 만졌소?"

"열네 살짜리 나이 어린 게 말 그대로 철부지인데 건드리면 무서워할까봐 가만 뒀지."

청년은 꿈만 같았지요. 나에게 식구가 생기다니, 이런 날이 오는구나 했어요. 청년의 아버지는 아내가 임신한 사실을 모른 채 일본으로 건너가 소식이 끊겼습니다. 유일한 피붙이인 어머니마저 아홉 살에 세상을 뜨고, 쓸모 있는 일꾼으로 자랄 때까지 이 집 저 집을 떠돌며 살았지요. 외로웠습니다. 사무치게 외로웠어요. 늘 어머니 아버지, 아니 손바닥만 한 방이라도 함께 누워 오손도손 얘기 나눌 가족을 꿈꿨어요. 그런데 그 꿈이 이뤄진 거예요.

자고 있는 소녀는 작은 얼굴, 작은 손, 반듯한 이마, 흑단처럼 고운 머리카락,

정말 곱고 예뻤어요.

이렇게 예쁜 각시를 얻다니 어떤 고된 일도 견딜 수 있을 것 같았지요. 소녀를 한참 바라보던 청년은 첫날밤을 치르지 않았습니다. 그 후로도 한참을 그랬어요. 귀한 사람을 다치게 하고 싶지 않았고, 아직 어린아이 같은 계집애를 괜한 욕심으로 놀라게 하고 싶지도 않아서였습니다.

"근데 왜 그렇게 만졌어요."

"신기해서 내가 자꾸 만졌지. 눈앞에 있는 게 기특하고 신기해서."

밤이 되면 소녀는 언제나처럼 먼저 잠들고, 청년은 소녀를 한참을 바라보다 흘러내린 머리카락을 쓸어 넘겨주고 얼굴을 어루만지고 등을 토닥였습니다. 단지 그뿐이었어요. 부부의 연을 맺고 3년이 지나도록 청년은 그렇게 소녀를 쓰다듬기만 했지요. 자다가 깨면 옆에 누군가 누워 있는 게 반갑고 신기해 한참 동안 손을 잡고 있기도 했습니다.

소녀는 그 손길이 싫지 않았습니다. 동생들 사이에서 부모님께 어리광도 못 부리고 살다가 오빠 같은 사람이 자기만 생각해주는 게 그저 좋았습니다. 한 방을 쓰게 된 아재는 소녀가 어리다고 함부로 대하지 않았으니까요. 언제나 소녀에게 존대를 하고, 좋은 게 생기면 소녀에게 먼저 줬지요. 산을 지나다 딸기를 따도 가장 예쁘고 좋은 것은 언제나 소녀의 몫이었어요. 정작 본인은 덜 피고, 벌레 먹은 걸 먹더라도 소녀에게만은 싱싱하고 좋은 것을 맛보게 해주었습니다. 밤이면 예쁘다고 쓰다듬어주는 아재 품에서 소녀는 마음 놓고 단잠에 빠졌습니다. 그리고 그렇게 예뻐해주는 아재에게 저절로 마음이 열렸습니다.

"잠만 깨면 만졌잖아요. 옛날에는 좋더라고요. 자꾸 만지라고 들이대고 그랬죠."

"이제 나는 할머니 살이 조금이라도 닿아야지 잠이 오지. 할머니 살이 안 닿으면 잠이 안 와."

함께 한 지 꽉 찬 3년 만에 아이가 생기고, 그 후로 70년을 훌쩍 넘겨 살았습니다. 청년은 할아버지가 되고, 소녀는 할머니가 되었지만 잠이 들 때면 여전히 청년과 소녀입니다. 오래된 두 연인이 나란히 잠자리에 들면 할아버지는 자연스럽게 할머니를 쓰다듬습니다.

이제 나이 먹어 잠귀가 밝아진 할머니는 가끔 할아버지의 오랜 버릇 때문에 잠에서 깨곤 합니다. 한 번 달아나면 좀처럼 잠이 오지 않는 게 야속해, 가끔은 “아이고 그만 만지세요”라고 타박할 때도 있지요. 잠 못 잤다고 아침에 일어나 골을 내기도 하구요. 그래도 언젠가 우리가 한 번 헤어질텐데 살면 얼마나 산다고 이러나 싶어 이내 그만둡니다.

아이들과 한 방을 쓸 때도 자다 일어나 할머니의 손목을 만지고, 장에 갈 때도 꼭 손목을 쥐고 다니는 할아버지. 작고 어린 사람을 다치게 하고 싶지 않았던 청년의 마음은 아름다운 버릇을 만들어냈습니다.

"우리는 지금 사람들 사이의 사랑을 이야기하고 있다.
이때 어루만짐의 대상은 상대의 몸이나 마음일 것이다.
제 연인이 무슨 일로 모욕을 당해 마음에 깊은 상처를 입었을 때,
우리는 그 상처를 어루만진다.
따스한 언어로.
제 연인이 계단을 급히 내려오다가 발목이 접질렸을 때,
우리는 그 발목을 어루만진다.
따스하고 섬세한 손길로.
그러니까 어루만짐은 일종의 치유이고 보살핌이고 연대다."

-고종석 『어루만지다』 중에서

할아버지의 어루만짐은 할머니뿐 아니라 그 자신에게도 치유와 위로가 되어주었을 겁니다.

사랑을 담은 어루만짐,

아마 처음은 작은 손길이었겠지요.

하지만 소중한 사람에게는 온기로 기억하는 최고의 선물일 것입니다.

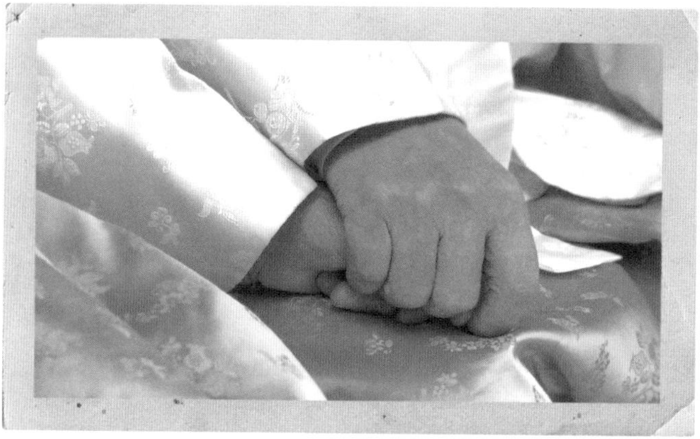

눈이 하얗게 내리던 날

이른 봄, 강원도 진부의 산골에 아직 하얗게 눈이 남아 있던 때였습니다. 할아버지와 할머니가 처음 만난 날 이야기예요. 건장한 청년이 일하러 처음 왔을 때 눈이 내렸습니다. 첫눈 아래 인연이 된 둘은 부부의 연을 맺고 긴긴 날을 보냈습니다. 지금도 눈이 내려 세상이 하얗게 변하면 그 날이 떠오릅니다.

이제 아흔여덟이 된 할아버지의 몸은 오래된 연장 같습니다. 군데군데 녹이 슬고 빽빽해서 전처럼 많은 일을 할 수 없습니다. 그래도 할아버지는 늘 밝습니다. 그 안에서 최선을 다해 할 수 있는 걸 하려고 합니다. 할머니는 그중에서도 할아버지의 귀가 어두운 것이 가장 걸립니다. 오손도손 이 얘기 저 얘기 나누던 벗의 귀가 신통치 않아 예전처럼 재미있지 않습니다. 자꾸 목소리가 커지는 것도 속상합니다.

할머니는 눈이 말썽입니다. 예전에는 초롱초롱 밝은 눈으로 길쌈도 바느질도 음식도 거침없이 씩씩하게 해냈습니다. 그런데 언젠가부터 마음은 한창인데, 마음은 할 것 같은데 어두워서 영 모를 때가 많습니다. 이렇게 할아버지도 할머니도 세월에 많은 것을 내어주었지요.

그래도 첫눈이 내리면 모든 것이 하얀 속살처럼 다시 피어납니다. 겉모습은 나무 기둥처럼 거칠어졌지만 어제인 듯 새파랗고 뽀얗던 그 시절의 서로를 떠올리게 하니까요. 흰 눈처럼 하얗고 새 옷처럼 건강하던 몸이 눈에 선합니다. 그때는 몰랐지요. 귀가 어두워지고 눈이 침침해질 때까지 함께 하게 될 줄을 말입니다. 눈이 내리고 봄이 다시 오고 그렇게 해가 바뀌고 또 바뀌었지만 마음은 아직 열네 살, 스물셋의 청년. 그때로 돌아가는 것 같습니다.

"첫눈 먹으면 귀도 밝고 눈도 밝대요. 할아버지 눈 좀 잡숴봐. 눈도 밝고 귀 밝고 얼마나 좋소."

"눈이 밝아지는 것 같네."

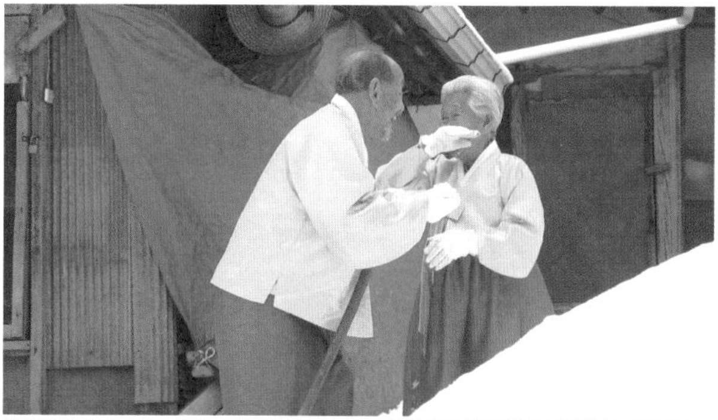

그러나 눈이 반가운 것은 잠시입니다. 눈은 산골의 노부부에게 많은 숙제를 줍니다. 춥고 긴 산골의 겨울은 준비를 단단히 해야 합니다. 그래서 눈이 내리기 훨씬 전부터 할아버지는 늘 분주합니다. 겨우내 땔 나무를 해야 하니까요. 산에 가서, 여름을 이기지 못하고 쓰러진 나무나 죽은 나무들을 잘 정돈해 지게에 한가득 지고 내려옵니다. 바람이 세지고 첫서리가 내리면 할머니와 할아버지는 나란히 앉아 아궁이에 불을 지핍니다. 타닥타닥, 잘 마른 장작이 시뻘겋게 타오르고 어느새 주름 가득해진 연인의 손이 그 가까이에서 온기를 빨아들입니다.

그렇게 가만히 손에 불을 쬐다, 밤을 굽거나 옥수수를 구워 서로의 입에 넣어주며 즐거운 시간을 보내지요. 추위가 몰려오지만, 둘이 함께 있으니 두려울 게 없는 오래된 연인입니다. 겨울이 오고, 그 해 첫눈이 내리면 할머니와 할아버지는 눈을 처음 본 사람들처럼 기뻐하면서 한참 즐거운 시간을 보내는 겁니다. 귀도 밝아지고 눈도 밝아진다는 첫눈을 서로에게 먹여주면서요.

"눈 밝고 귀 밝는대요. 귀 밝아져서 나랑 얘기도 전처럼 많이 하고 그러면 얼마나 좋겠어. 많이 잡숴요."

"잘 들리는데?"

"금방 그렇게 눈이 밝고, 귀도 잘 들려요?"

"훨씬 나은데?"

"더 낫다고요? 그럼 됐어요. 내가 너무 좋아서 할아버지 박수 쳐드려야겠네. 다음에 또 먹읍시다."

서로를 처음 봤던 바로 그 날. 어느새 마당에는 새하얀 눈을 배경으로 수줍던 계집아이와, 건장한 청년이 서 있습니다. 누구보다 오래 사랑할 준비가 된 두 사람이, 서로의 손을 마주잡고 환하게 웃고 있습니다.

"황금빛 태양도 대지 위에 샘솟는 푸른 물도 어느 하나 하루 이상 가질 수 있는 것은 없다.

찰나가 지나면 그 아름다움은 더 이상 우리의 것이 아니기 때문이다.

이 세상에서 인간이 영원히 소유할 수 있는 것은 기억뿐이다."

– 인디언 격언

할머니 할아버지는 지나간 세월에 연연하지 않습니다. 함께 해온 날들에 대한 기억을 가슴속에 곱게 간직해 펼쳐보면 그만입니다. 떠올리기만 해도 행복한 기억이 가득해서요. 눈과 귀가 점점 제 실력을 발휘하지 못하는 날들이지만요.

그래도 괜찮습니다.

사랑하는 사람과 행복한 기억을 쌓아가는 것,

더 이상 내 것이 아니게 될 오늘을 간직할 수 있으니까요.

뒷간 앞의 사랑가

까만 밤, 잠자리에 누운 할아버지에게 할머니가 부탁을 합니다. 나랑 좀 함께 가줘요,라는 말에 깊은 잠 속에 누워 계시던 할아버지는 벌떡 일어나 옷을 챙겨 입습니다. 미안하다는 말에 할아버지는 괜찮다며 먼저 방을 나서고 뒤따라 나온 할머니의 손을 꼭 잡고 마당 가운데로 향하지요. 키가 훌쩍 커버린 엄나무가 바람에 흔들리고 딸깍, 할머니가 스위치를 켜자 달빛보다 환한 전등이 하나 켜집니다.

"할아버지, 어디 가지 말고 여기 서 있어요."

"그럴게요."

"내가 무서워서 그래요. 여기 그대로 있어요."

"네, 걱정 말아요."

할머니는 변소에 가는 길입니다. 무섬증이 많아 밤이면 혼자 가질 못해 꼭 할아버지와 동행합니다. 귀찮을 법도 하건만 할아버지는 같이 사는 사람이 뭐가 귀찮냐고 합니다. 젊었을 때도 할머니의 부탁이라면 번개처럼 들어주던 할아버지였습니다. 미안한 마음에 할머니는 이런저런 말을 시킵니다.

"할아버지요, 나 말고 다른 사람이 변소간에 가자고 밤에 그러면 귀찮죠?"

"그럼 귀찮지. 안 가, 다른 사람이 가자고 하면 뭐 하러 가?"

제아무리 예쁜 손자가 와도 안 나가줄 거라는 할아버지 말에 할머니는 수줍게 웃습니다. 그러다 한 가지 부탁을 더 하지요. 일을 다 볼 때까지 화장실 밖에서 노래를 불러달라는 겁니다. 젊은 시절 이곳저곳 떠돌며 일을 배운 할아버지는 옛 노래를 잘합니다. 가끔 하루해가 길어 지루할 때면 할머니 요청에 목청껏 노래를 불러주지요. 예전만큼 자주하진 않지만 그래도 이렇게 뒷간에 간 할머니가 부탁하면 돌

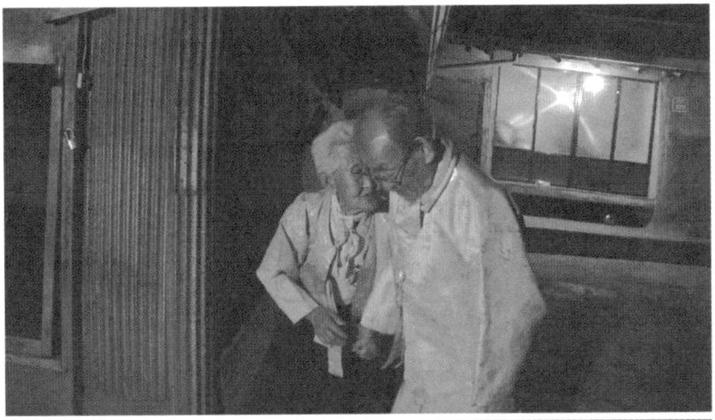

아서 음을 뽑아냅니다. 무서움을 많이 타는 할머니가 안심할 수 있도록 오래도록 크게 크게 노래를 부릅니다.

아우라지 뱃사공아 나 좀 건너주게
싸리밭골 검의내 동박이 다 쏟아진다
산이 높거든 골이나 깊지
쬐그만한 여자속이야 속 깊을쏘냐

할아버지만의 구수한 정선아리랑이 흐릅니다. 한 번 더 해봐요, 아내의 청에 목청을 가다듬는 할아버지. 두 분의 화장실 동행은, 처갓집에서 나와 드디어 둘만의 보금자리가 생겼을 때부터 지금까지 이어졌습니다. 혼자 나가려고 마음먹으면 무시무시하고 오싹한 게 왈칵 겁이 났다는 할머니. 컴컴한 마당 뒤편에 멧돼지라도 내려오는 건 아닐까, 산짐승이 갑자기 덮치면 어쩌나 별별 생각이 다 들었습니다. 그런 할머니가 안쓰러워 새 집으로 이사를 간 다음부터 할아버지는 언제 어느 때 깨워도 싫다 소리 한 번 없이 화장실 친구를 해주었습니다. 캄캄한 마당, 나즈막한 불빛 아래 다시 할아버지의 노랫소리가 들립니다.

곤드레 만드레 쓰러지네 건너
우리집에 삼동서는 나물하러 가세
오리매 내리매 전지 치매소리
물만보태 전지 밥이야 중치가 메인다
아주까지 동박아 열지를 말아라
산골의 큰아기가 일아니 갠다

노래가 다 끝나기도 전에 볼일을 마친 할머니가 나왔습니다.

“미안하고 고마워요. 내가 더 잘할게요.”

“괜찮아요. 난 좋아요.”

화장실 가는 길에 새삼 할아버지의 배려와 친절함을 깨달으면서 할머니는 매일 다짐했다고 합니다. ‘내가 정말 잘해야지, 반찬 한 가지라도 맛있게 해서 먹여야지’라고 말이죠. 할머니는 한 번도 솥에 한꺼번에 밥을 많이 한 적이 없습니다. 할아버지에게 아침, 점심, 저녁, 바로 지은 뜨끈한 밥을 드시게 했지요. 맛없는 식은 밥이 아닌 김이 모락모락 나는 따뜻한 새 밥을 먹게 해주는 것. 할머니가 할아버지에게 해주고 싶은 배려였습니다.

그렇게 76년, 매일 밤 할머니는 화장실에 앉아 고운 님의 세레나데를 들었습니다. 밤공기가 차고 어둠이 두렵지만, 그 아름다운 소리로 다 괜찮아졌습니다.

사랑은 한밤중에 화장실을 함께 가주거나,
매일 세 끼 새로 밥을 짓더라도 귀찮아하지 않는 것.
내 사랑이니까 기꺼이 해줄 수 있는 것.

그렇게 사랑을 배웁니다.

세상에 이런 부부가 또 있을까요?

할아버지와 할머니는 늘 손을 꼭 잡고 다닙니다. 장에 갈 때도, 노인대학에 갈 때도, 밭일을 나갈 때도, 병원에 갈 때도 손을 놓은 적이 없어요. 손을 꼭 잡고 다니는 데는 이유가 있습니다. 아흔이 훌쩍 넘은 할아버지가 혹시라도 넘어질까 하는 할머니의 걱정 때문입니다. 젊은 시절에는 자주 넘어지던 할머니를 할아버지가 일으켜줬는데 세월이 어느새 둘을 정반대의 자리에 서게 했네요.

"난 요즘 할아버지 엎어질까봐 따라 댕겨요."

"아직은 엎어져도 일어날 힘이 있어."

"전엔 할아버지가 나 엎어질까봐 따라다녔잖아요."

"지금도 거뜬하니 걱정 마요. 엎어지면 내 다시 일으켜줄게."

젊은 시절 힘이 좋을 때는 할아버지가 할머니를 항상 품에 안고 다녔습니다. 업었다가 확 내려놓고, 또 들러메기도 하고 각시가 예뻐 안

아주고 업어주고 그랬지요. 그럴 때면 할머니는 화를 냈습니다. "내가 작다고 업신여기는 거요!" 화가 나서 소리치면 할아버지가 허허 웃으면서 "예뻐서 그러지"라며 또 번쩍 안아 들곤 했죠. 그럴 때마다 할머니는 예쁘면 가만히 놔둬야지 이게 뭘 예뻐하는 거냐고 타박을 했습니다.

짓궂은 할아버지의 장난은 누군가 기척이 나야 끝났습니다. 아무리 부부라도 서로 안고 들고 하는 게 남우세스럽던 시절이니까요. 이제 시간이 흘러 작고 귀엽던 할머니의 몸이 더 작아지고, 할아버지의 건장한 어깨도 한 뼘은 내려왔습니다. 기력이 없지만 그렇다고 장난이 멈춘 건 아닙니다. 아무리 타박을 하고 토라져도 할아버지의 장난은 멈출 줄 모릅니다. 그 장난에 손을 다치기도 하고, 무릎이 깨지기도 하는 할머니가 아야 하며 돌아앉으면 할아버지는 얼른 달려가 상처를 어루만지며 입김을 붑니다.

"호~"

"자꾸 해요, 많이 해줘요. 더 많이 해줘요."

젊어서 성격이 급해 서두르다 찧기도 잘하고 깨지기도 잘했던 할머니. 하긴 아이 여섯을 키워야 했는데 왜 급하지 않았겠어요. 아야, 소리만 들리면 할아버지는 쏜살같이 달려가 일으켜주고 털어주고 다친 곳을 잡고 "호~" 하고 입김을 불어넣었습니다. 그 버릇은 여전해서요, 무릎이나 팔이 저리고 아프다고 해도 할아버지는 언제나 호, 호, 해줍니다. 이상하게 할머니는 할아버지가 "호~" 불어주기만 해도 낫는 것 같아 자꾸 더 해달라고 하지요. 그러면 할아버지는 한참을 어루만져주다가 장난기가 발동해 팔이며 무릎을 살짝 깨물기도 해요. 때와 장소를 가리지 않는 할아버지의 장난. 병원에서도 보건소에서도 장에 가서도 그저 할머니 놀리는 게 제일 재미있는 할아버지입니다. 둘이 있을 때야 괜찮지만 한 번씩 남들 보는데 그렇게 장난을 치면 할머니는 어쩔 줄을 모르겠습니다.

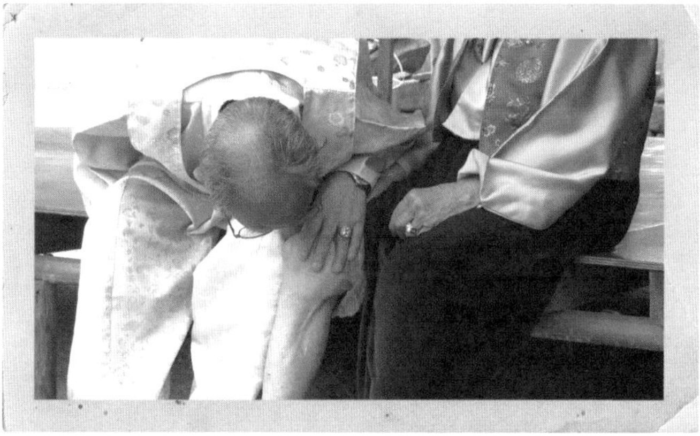

"아니, 호 하라니까 왜 깨물어요. 사람들 많은데."

"사람들 보니까 그러는 거지. 하하하."

밭둑을 걷고 있는 할머니를 놀라게 해 뱃속의 아이가 떨어진 큰 일이 있었는데도, 할아버지의 장난은 고쳐지지 않았습니다. 봄에 햇살이 맑아 나물을 잔뜩 캐다 강에서 씻고 있으면 갑자기 비 오듯 물방울이 후두둑. 할아버지가 할머니에게 물을 튀기며 장난을 치는 겁니다. 할머니는 약이 오르지만 강가에서 할아버지에게 물을 튀기는 게 쉽지 않습니다. 두고 보라지, 우선 하던 일을 마저 합니다. 한참 장난을 치고 난 할아버지가 평상에 앉아 쉬고 있으면 그때가 할머니에게는 복수의 기회입니다. 강아지에게 물을 먹이는 할아버지에게 물벼락을 내립니다. 그 모습이 우스워 할머니도 할아버지도 봄볕 아래 환하게 웃지요.

가을에도 마찬가지예요. 낙엽을 쓸다가 할머니에게 낙엽을 모조리

뿌려버리고, 잔치 갈 준비에 머리를 잘 빗고 마음 급하게 오종종거리는 할머니의 머리카락을 헝클어뜨려 놓질 않나, 몰래 숨었다 깜짝 놀라게 하기도 하구요.

세월이 무색하게 할아버지의 장난은 나이 들지 않고 계속 청춘입니다. 좋아하는 소녀에게 고백하지 못하고 못된 장난만 해대는 어린 소년처럼요. 사랑하는 할머니가 싫어하는데도 장난을 치는 이유가 할아버지에게도 있습니다. 괜히 그러는 게 아닌 것이지요. 할아버지는 할머니와 함께 노는 것이 재미있고, 할머니가 반응하는 게 귀엽습니다. 예나 지금이나 똑같이 말입니다.

노인이 되었지만 그 하루까지 늙은이처럼 보낼 필요는 없습니다. 어떻게 시간을 보내느냐에 따라 싱싱할 수도 시들할 수도 있는 게 인생이니까요. 오늘도 할아버지와 할머니의 하루는 싱싱합니다. 함께 장난치고 토라지고 화해하면서요. 몸 따라 마음도 늙는다고 하지요. 그런데 아닌 것 같습니다.

아무리 긴 세월이 흘러도 개구진 표정으로 서로를 응시하는 이 부부. 세상에 이런 부부가 또 있을까요?

사랑해요, 고마워요

오래된 부부에게 사랑이란 말은 굳이 하지 않아도 되는 것입니다. 아니 그런 줄 알았습니다. 부부의 연을 맺고 세월이 지나면 새삼스러워서, 쑥스러워서 혹은 너무나 덤덤해져서 사랑한다는 말이 갈수록 줄어들지요. 그래서 사랑한다는 건 젊은 사람들이나 하는 얘기야, 하고 무관심하게 지나치죠. 하지만 사랑은 계속할수록, 표현할수록 좋은 것입니다. 그런 것이 세월 속에 쌓이고 쌓여 가장 가까운 사람을 지켜주는 힘이 되니까요.

할아버지 할머니는 지금도 서로에게 사랑한다 말해줍니다. 눈을 떠 하루를 시작할 때, 둘이 마당 평상에 나란히 누워 서로를 바라볼 때, 힘든 밭일을 끝내고 손 잡고 돌아올 때, 장에 갈 때, 맛있는 밥을 나눌 때, 사랑한다고 당신을 정말 사랑한다고 소리내어 말합니다.

"할아버지, 내가 이쁘오?"

"그럼요, 이뻐요."

"고마워요, 고맙습니다. 사랑해요."

"사랑해요."

서로에게 "사랑해요"라고 말한 건 환갑이 지나서부터였습니다. 사실 환갑 이후라는 건 할머니의 추측입니다. 언제부터 시작했는지 몰라요. 다만 오래 살다 보니, 모든 일을 환갑 전과 후로 나눠서 기억하는 것이죠. 삶의 전반과 후반이라고 해야 할까요. 말이 환갑 지나서지, 두 분 연세를 생각하면 그래도 근 40년 동안 사랑한다는 말을 전하며 살았습니다. 어떻게 그렇게 됐는지 잘 모르겠다고 합니다. 어느 날 서로 말을 한다는 게 사랑한다는 표현이 나왔습니다. 누가 시키지도 않고 배우지도 않았는데 서로 하도 좋으니 마치 애초에 그냥 그렇게 해왔던 냥 "사랑해요"라는 말이 술술 나왔던 거지요.

처음 결혼했을 때부터 두 분은 서로 존대를 했습니다. 할아버지는 할머니의 나이가 어려도 너라고 하지 않고 존중해주었습니다. 할머니도 본을 받아 늘 존대를 했고, 할아버지도 항상 깍듯했습니다. 살면서 가끔 의견이 부딪혀도 서로에게 상처 준 적은 없습니다. 행여 마음이 다칠까 그것만은 조심했지요. 가끔 할아버지가 버럭 화를 내면 할머니는 아무 소리 안 내고 있다가 저녁 때 와서 서로 얼굴을 보면서 사랑해요, 라고 하면서 금방 마음을 풀었습니다.

"고마워요."

"아니에요, 내가 더 고마워요."

사랑한다는 것은 이런 것이겠죠. 서로 좋아 저절로 사랑한다는 말이 새어 나오는 것. 그리고 이런 것이기도 할 겁니다. 나와 다른 누군가를 온전히 있는 그대로 받아들이는 것 말이죠. 할아버지와 할머니의 식성은 정반대입니다. 할아버지는 빨갛게 간을 한 음식을 싫어합니다. 고춧가루도 고추장도 아주 조금만 넣어 간을 해야 합니다. 할머

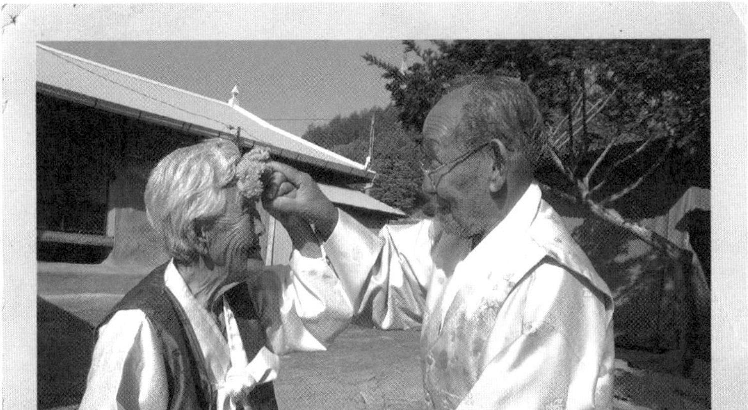

니는 짜고 매운 걸 좋아하니 입맛이 전혀 다릅니다. 그래서 할머니는 음식을 할 때 할아버지 것을 먼저 심심하게 간을 해 내고 자신이 드실 것에 고춧가루와 소금을 더 넣습니다. 매운 걸 싫어하는 할아버지를 위해 깨끗한 백김치를 따로 준비하기도 하구요. '싱거운 걸 좋아하는 사람이랑 살아서 싱겁게 먹어야 해'가 아니라 '싱거운 걸 좋아하는 사람을 위해 싱겁게 간을 하고 내 걸 따로 하자' 하는 게 할머니의 사랑법입니다.

또 하나, 할머니는 육식을 하지 못합니다. 고기든, 생선이든 북어만 빼놓고 고기는 전혀 드시지를 못해요. 속에서 받질 않아 어려서부터 채식을 했죠. 고기 냄새를 맡으면 속이 좋지 않을 정도입니다. 그렇지만 할머니는 할아버지를 위해 고기 반찬을 만듭니다. 할아버지가 고기를 좋아하시거든요. 장에 나가 단골집에서 순댓국 한 그릇을 시키면 아주 맛있게 다 드십니다. 가끔 자식들이 와서 불판에 고기를 구워 먹을 때도 할아버지만 만찬을 함께 하지요. 대신에 할머니는 나물을 좋아합니다. 그걸 아는 할아버지는 봄이 되면 할머니의 나물 캐기에 동행합니다. 달래도 뜯고 쑥도 캐고 산에 지천으로 널려 있는 봄나물을 보면 할머니 표정이 환해지는 걸 알기 때문입니다.

할머니는 국을 끓일 때도 빨간 재료는 넣지 않고, 고깃국도 자주 끓입니다. 할아버지가 좋아하니까요. 입맛이 다르지만 자신의 입맛에 맞게 만들기 위해 아내가 애쓰는 걸 아는 할아버지는 괜한 음식타박을 한 적이 없습니다. 살면서 한 번도 맛이 없다는 이야기를 한 적이 없습니다. 맛있으면 밥을 아주 많이 드시고, 입맛에 맞지 않으면 딱 한 공기만 드시는 할아버지의 배려가 할머니는 고맙습니다. 그래서 더 맛있게 해주고 싶습니다. 사람 마음이 그런 건가 봅니다. '안 맞아, 안 맞아' 하면 사소한 것도 다 하기 싫어지고 또 '좋아, 좋아' 하면 작은 것도 고마워지는 것. 식성 다른 할머니 할아버지가 76년간 한솥밥을 맛있게 드신 걸 보니 '좋은 게 좋은 거다'라는 옛 말씀이 하나 틀린 게 없습니다.

"맛이 좋아요?"

"네, 정말 맛있네요. 고마워요."

"맛있게 자시니 나도 고마워요."

"사랑해요."

예쁘지 않은 것을 예쁘게
보아주는 것이 사랑이다

좋지 않은 것을 좋게
생각해주는 것이 사랑이다

싫은 것도 잘 참아주면서
처음만 그런 것이 아니라

나중까지 아주 나중까지
그렇게 하는 것이 사랑이다

– 나태주 〈사랑에 답함〉

할아버지와 할머니도 똑같았을 겁니다. 우리가 사랑할 때 그렇듯,

상대에게 예쁘지 않은 것도 보이고 싫은 것도 보였겠지요. 그러나 좋게 생각하고 잘 참아주면서 살아왔습니다. 그렇게 사랑하니까 고마운 일이 자꾸 생기고, 고마워서 더 사랑하게 된 할아버지와 할머니. 나와 다른 걸 인정하고, 받아들여준 걸 고마워하고, 그렇게 사랑이 자라났습니다.

생의 가장 마지막까지 누군가를 사랑하고 또 사랑받는 사람들.

그렇게 사랑하며 함께 있어줘서 고맙습니다.

부부로 산다는 것

명절날의 풍경

꽃 같은 인생, 세월은 모두 꽃잎이어라

빛깔 고운 커플 한복을 입노라면

사랑할 수 있어서, 난 멋있는 삶이라오

가슴속의 아이들

part 2

꽃보다 귀한, 꽃처럼 피어나는 부부

긴 상이 있다
한 아름에 잡히지 않아 같이 들어야 한다
좁은 문이 나타나면
한 사람은 등을 앞으로 하고 걸어야 한다
뒤로 걷는 사람은 앞으로 걷는 사람을 읽으며
걸음을 옮겨야 한다
잠시 허리를 펴거나 굽힐 때
서로 높이를 조절해야 한다
다 온 것 같다고
먼저 탕 하고 상을 내려놓아서도 안 된다
걸음의 속도도 맞추어야 한다
한 발
또 한 발

– 함민복 〈부부〉

부부에게 결혼은 사랑의 완성이 아니었다. 그저 과정이었다. 물론 끊임없이 자맥질해 나아가야 할 심연이었지만 힘들지 않았다. 서로 조금씩 포기하고 맞춰가며 살았다. 전혀 다른 식성, 전혀 다른 습관이 서로를 방해하지 않았다. 나처럼 되라고도 안 했다. 너처럼 되겠다고도 하지 않았다. 대신 그들이 한 것은 각자의 모습 그대로를 인정하는 것이었다. 뭐든 깨끗해야 직성이 풀리는 아내는 바쁜 신랑에게까지 깔끔히 할 것을 강요치 않았다. 두 사람은 그저 본인이 제일 잘할 수 있는 걸 했다. 한 번도 서로에게 내가 잘하는 일을 너도 잘하라 한 적 없다. 아내는 아흔을 바라보는 나이까지 집 안팎을 깨끗하게 정돈했고, 남편은 아흔 무렵까지 힘을 쓰는 바깥일을 도맡아 했다. 그러면서 둘은 마음이 맞는 일에는 누구보다 똘똘 뭉쳤다. 함께 있을 땐 신나게 놀았다. 아이들이 놀면서 자라듯 장난치고 골내고 화해하고 다시 즐겁게 놀면서 사랑을 키웠다.

부부는 이런 것이 아닐까. 사랑하는 누군가와 관계를 매듭짓는 게 아니라 계속해서 세월 속에 사랑을 엮어가는 것. 그 덕에 결혼도 삶도 꼭 꽃과 같았다. 피고 지고 또 다시 피어나는 꽃처럼 빛나기도 아프기도 하면서, 그러나 결국 다시 해사하게 서로를 바라보면서 살았다. 그렇게 두 사람은 꽃처럼, 아니 꽃보다 예쁜 오래된 부부이면서 오래된 연인이었다.

"장난을 세게 하니까, 내가 정신이 없어요. 하루는 저 구석에 섰다가 날 보고 와서 확 덮치고, 아이고 왜 그러는지 그러지 말라면 더 그래요. 말도 못하게 좋아가지고 혼자 웃다가 실컷 웃다가 또 장난하고. 늘 그러니 사람이라는 게 부아가 나잖아. 내가 살림 잘하고 고마워서 그러는지, 좋아서 그러는지, 반가워서 그러는지, 내가 할아버지 속을 알 수 있나. 왜 그러나 물으면 이뻐서 그랬다잖아. 어려서부터 늙어도 그 마음으로 그래요. 고마운데, 어떨 땐 바빠 죽겠는데 생각지도 않고 장난을 세게 하면 화가 나는 거지. 나를 너무 좋아해 그랬겠지 하다가도 부아가 치미는 거지. 난 장난 좋아 안 해요. 그래도 여적 살잖아요. 열네 살에 만나서 지금까지."

"어려서부터 예뻐서 보기만 해도 좋아서 가만 둘 수가 없어서 장난을 쳤는데, 늙어서도 똑같아. 천지에 할멈 같은 사람이 어디 있어. 그저 고맙지.

놀라고 화내고 그러는 게 귀여워서 더 하고, 예뻐서 그러는 거니까 괜찮아. 계속할 거야."

이 사람이 왜 이러나 하지만요, 가만히 생각하면 사랑해주니 고마운 일이지 싶어요. 아직까지 우리가 서로 좋아 지내는 거잖아요. 젊었을 때랑 다르지 않게 말이에요. 돈이 많은 부자는 아니지만 그래도 우리 참 특별히 의좋게 살았지요. 토라져 있는 내게 당신이 방금 꺾은 꽃을 내밀면 빙그레 웃음이 나면서 마음이 녹았어요. 이런 우리의 모습을 보면서 이웃 사람들도 세상에 어쩜 저렇게 재미나게 사냐고 부러워했죠. 함께 산 세월을 돌아보면요, 꼭 꽃 같아요. 우리는 내내 꽃처럼 아니 꽃보다 예쁘게 사랑했잖아요. 그 향기가 내 인생에 스며서 지금까지도 매일이 황홀하네요. 고마워요, 여보.

부부로 산다는 것

평창 진부는 특히 눈이 많은 곳이었습니다. 깊긴 또 얼마나 깊던지. 6년 동안 처가살이를 하고 살림을 난 뒤 오랫동안 진부에 살았습니다. 처음부터 할머니의 아버지 일을 도우러 왔던 청년이었기 때문에 데릴사위처럼 처가 일을 도우며 살았는데요, 일이 고되기도 하고 그즈음 "공산당이 싫어요"라고 외쳤던 이승복 사건이 터져서 무섭기도 하고 아이들 교육도 걱정이 되어 이제 다른 곳에서 살아보자 하고 좀 덜 깊숙한 곳으로 나오게 된 것입니다.

횡성에 도착해 처음부터 지금의 집에 살았던 건 아니었습니다. 가진 게 넉넉하지 않아 남의 집에 세를 살며 두 번의 이사를 하고 난 뒤에야 지금의 집에 뿌리를 내렸습니다. 따뜻한 기운이 있는 곳이었어요. 산과 밭이 둘러져 있고, 집 앞에는 강이 흘렀지요. 강은 아이들의 놀이터였고, 할아버지의 벗이었으며, 할머니의 안식처가 되어줬습니다. 가끔 가슴이 답답할 때면 강가의 바위 위에 앉아 흐르는 물을 벗 삼아 마음을 달래곤 했죠. 평생 사랑받으며 살았는데 그럴 일이 뭐가 있을까 싶지만, 매일 좋기만 하면 그게 어디 사람 사는 인생인가요. 갈

등과 번민이 있지만 그래도 사랑 덕에 견딜 만한 것이었죠.

"내가요, 답답하면 이렇게 강가에 앉아 있곤 했어요."

"그랬군요. 아이구 우리 할머니가 그랬는지 몰랐네. 미안해요."

다 받아주고, 위해주는 할아버지였지만 유독 싫어하는 게 있었습니다. 마실 다니며 괜히 얘기 나누는 걸 좋아하지 않았죠. 여기저기 다니며 친구도 사귀고 싶은데, 할아버지는 할머니가 남의 집에 드나드는 걸 달가워하지 않았습니다. 그래서 옛날부터 할머니는 물론 딸이고 며느리고 남의 집에 다니지 않았죠. 그래도 솜씨 좋은 할머니가 동네 계집아이들을 마당에 불러 예쁘게 머리를 잘라주거나 묶어주는 걸 뭐라고 하지는 않았습니다. 할머니가 잘할 수 있는 일에는 뒤에서 별말 없이 바라봐주셨죠.

시골에서 살면 이 동네 저 동네 마실 다니며 세상 돌아가는 이야기도 듣고 그런 재미가 있잖아요. 아이 엄마들이 모여 누구네 무슨 일이 있다더라, 어디서 누가 어떤 일을 했다더라 소곤소곤 쑥덕쑥덕대는 일이 잦죠. 텔레비전이 있던 때도 아니고 그런 수다가 단조로운 일상에 재미를 더해주는 양념이 되어주니까요. 그런데 할아버지는 그걸 그렇게 싫어했습니다. 아이들이 아버지 참 얄궂다 친구네 놀러도 못 가게 한다며 투덜대기도 했지만 할아버지는 꿈쩍도 하지 않으셨죠. 처음부터 할머니는 여자들이 남의 집에 너무 다니면 못쓴다는 말에 마음을 접었습니다. 가끔 답답하고 놀고 싶을 때는 그냥 강가 너른 반석에 앉아 물 내려가는 모습을 가만히 보고 그랬습니다.

"물은 흘러 흘러서 어디로 가나. 어디로 가겠지, 저렇게 가는데 하루 얼만큼 가나. 서울로 가나, 바다로 가나. 물 흐르는 게 꼭 사람 같네. 어쩜 저렇게 약빠를까, 아이구 빠르기도 하다. 오늘은 물이 왜 이렇게 더딜까, 무슨 일이 있나."

이렇게 혼자 앉아 물 흐르는 것 구경하며 강가에 앉아 답답함을 달래곤 했죠. 싫다는 데 굳이 해야 할 이유가 없었고, 물 흐르는 것만 봐도 그렇게 재밌었다는 할머니. 할머니는 할아버지가 가끔 성을 내면 무섭다고 합니다. 그럴 땐 그저 화가 가라앉을 때까지 가만히 있는 게 답이래요.

얼마 전에는 노인대학 여행 중에 할머니가 춤을 춘다고 할아버지가 잔뜩 골이 났습니다. 그냥 춘 게 아니고 남자 여자 섞어서 추는데 그만 할머니가 끼어버린 겁니다. 젊어서는 내외도 많이 하고 외간남자 곁에는 얼씬도 하지 않던 할머니였는데 말이죠. 남자가 있어서라기보다 그저 춤을 좀 추고 싶어 나선 것뿐인데 술 먹고 노는 사람들하고 어울려 왜 춤을 췄느냐고 야단이 난 겁니다.

"늙어도 여자는 여자예요. 왜 그런 자리에 가서 춤을 춰요!"

"아이참, 그냥 신이 나서 그런 거예요."

이제 증손주까지 본 나이에 남녀가 어디 있나 하다가, 저 양반이 질투를 하나 보다 했다는 할머니. 집에 와 할아버지 화가 좀 누그러졌을 때 슬쩍 이렇게 말했습니다. "당신도 늙어서 머리가 하얗게 새고 나도 이제 늙어 하얗게 머리가 샜잖아요. 내가 젊으면 그런 데 가서 춤추면 안 되지만 다 같이 늙어가는데 그게 뭐 큰 잘못도 아닌데 왜 골을 내고 그래요." 그래도 할아버지는 끝까지 그래도 아니라고, 그럼 못쓴다고 고집을 부렸습니다. 맨날 당신은 놀면서 왜 나한테만 하지 말라나, 항의하고 싶었지만 이번에도 할머니는 그냥 참았습니다. 지금까지 여자로 봐주고, 그래서 질투도 하는 걸 행복하게 여겨야지 생각한 것이죠. 가끔 자식들이 부부싸움을 하고 전화를 하면 할머니는 이렇게 이야기 해줍니다.

"부부로 사는 게 그런 것이다. 다른 사람들이 만나 함께 사는 것인데 어떻게 다 내 마음 같겠느냐, 잘 들어주고 잘 참아주고 그러면 된다. 화가 난다고 똑같이 화를 내면 돌아올 게 뭐가 있겠니. 화가 나서 못 견디겠거든 따뜻한 아랫목에 누워 한숨 푹 잠을 청하렴.

편하게 한숨 자면 싸울 일도 미울 일도 다 잊게 되지. 푹 자고 나면 그까짓 거 별일 아닌 게 되어버린다. 그러니 애들아, 사는 게 버겁거든 잠을 자려무나.

아버지와 나라고 하루하루가 잔치였겠니. 넘어지기도 하고, 돌부리에 채이며 마음 긁힌 날 아무렴, 있었지. 그래도 대부분이 행복한 날들로 채워진 건 참아주고 기다려줬기 때문이란다. 머리가 복잡하면 앞일 뒷일 생각 말고 잠을 청해라. 그리고 한숨 푹 자고 일어나 상쾌한 마음으로 상대를 대하거라. 그러면 힘든 일은 반이 되고 행복은 더 커져 있을 거야. 아들아, 딸아 부디 행복하렴. 엄마 아버지는 살면서 많이 행복했단다."

알랭 드 보통은 어느 책에서 이런 이야기를 했습니다.

"결혼 생활은 침대 시트와 비슷하다.

아무리 애를 써도 네 귀퉁이가 반듯하게 펴지지 않는다.

한 쪽을 제대로 펴놓으면 다른 쪽이 더 구겨지거나 흐트러지고 만다.

그러므로 완벽을 추구하면 곤란하다."

할머니는 이미 그 사실을 알고 있었습니다. 부부 간에 마음에 들지 않는 일이 있거들랑 그저 따뜻한 아랫목에서 한숨 푹 자고 일어나라는 충고, 완벽할 수 없는 우리들에게 필요한 이야기입니다.

명절날의 풍경

명절날 아침. 할머니는 깨끗하게 손질해 놓은 커플 한복을 꺼내 준비를 서두릅니다. 전날 밤 아궁이 솥에 물을 한가득 데워 할아버지와 깨끗하게 목욕도 했지요. 이제 목도리와 브로치를 예쁘게 하면 채비가 끝납니다. 할아버지 대님도 봐드리고, 빳빳한 동정 깃도 매무새를 다시 정리합니다. 공순이와 꼬마가 짖는 걸 보니 큰손주가 도착했나 보네요. 칠순이 다 되어가는 큰아들 집에서 명절 아침을 보내기 때문에, 두 어른을 모시러 온 것이죠.

"그래, 새해 첫날 고생 많다. 이제 설 쇠니 또 한 살 더 많아지네."
"그러게요. 그래도 할머니 할아버지 건강하셔서 좋아요."

큰손주는 각별합니다. 이제 칠순이 다 되어가는 큰아들이 낳은 첫 손주. 어려서부터 정을 쏟아서 그런지 아이 아빠가 된 지금도 할머니 할아버지에게 살갑습니다. 첫손주뿐 아니라 이 집 저 집 열세 명의 손

주 손녀가 모두 귀하디 귀하지요. 가족 없이 외롭던 할아버지와 그 외로움을 나누던 할머니에게 무탈하게 건강히 뻗어나가는 자손들은 정말 귀한 보물입니다. 다복한 집안의 최고 어른이 된 두 분은 명절이면 신이 납니다. 떨어져 사는 가족들을 모두 만날 수 있으니까요. 어느 집이나 그렇듯 명절이 아니면 살기 바쁜 때 다 함께 모여 시간을 보내는 건 좀처럼 쉽지 않습니다.

아들 셋, 딸 셋. 크게 해준 것 없지만 모두 잘 자랐습니다. 제 자리에서 제 몫을 하며 먹고 사는 아이들이 그저 기특합니다. 때가 되면 짝을 데려와 결혼을 하고, 손주를 낳고 남들 살듯이 살아가는 아들과 딸들이 대견합니다. 가끔은 미안하기도 합니다. 좀 더 좋은 환경에서 잘 키워주지 못한 것 같아서요. 그리고 이제는 혹시라도 자식들에게 짐이 될까 걱정도 됩니다. 할머니는 입버릇처럼 말씀하십니다. 우리끼리 잘 살고, 저희들끼리 잘 살면 그만이라고요. 함께 지내자는 자식들의 청이 있지만 할머니 할아버지는 둘이 사는 게 편하다며 거절하십니다. 불편하고 오래된 집이지만 내 집이 편하고 둘이 함께 있어 괜찮다면서요.

올해는 공부 잘하는 증손주가 좋은 학교에 진학했다는 소식과, 큰 꿈을 안고 외국에 나가 공부를 하는 야무진 손녀가 사는 이야기를 들었습니다. 갓 태어난 증손주의 재롱도 보고 하루가 다르게 쑥쑥 자라는 아이들과 애교 넘치는 손녀딸이 미소지으며 하는 사랑한다는 손인사에 두 분은 또 그저 행복해집니다.

명절이면 그것 외에도 특별한 시간이 마련됩니다. 친절하고 사근사근한 손주며느리가 할머니 손에 붉은 꽃물을 들여주는 것이죠. 꽃이 없으면 매니큐어를 꺼내와 할머니 손을 곱게 단장해줍니다. 자식 키우고 집안 일 하느라 곱아버린 손이 야속한 할머니는 그 시간이 정말 좋습니다. 닳고 닳아버린 손 끝에 화사한 꽃잎이 올라앉은 것 같습니다. 고운 빛깔 치마저고리에 어울리는 손이 되어가는 기분입니다. 어른이라 어려워서 인사나 하고 말 수도 있는데 마주 앉아 예쁜 짓을 하니 손주며느리가 손주만큼 예쁩니다. 그 마음이 고마워 사람들에게 들은 칭찬을 전해줍니다.

"노인대학에 갔더니 다들 이쁘다잖아. 꽃물 들인 거 보고 다들 곱다고 그래. 고마워."

"할머니가 멋쟁이라 이렇게 잘 어울리는 거예요."

남자들은 남자들의 시간을 갖고 아침상을 치운 여자들은 할머니 주변으로 모여 치장하는 할머니 곁에서 이런저런 이야기를 나눕니다.

가끔은 이런저런 마찰도 겪습니다. 마음 아픈 상황도 마주칩니다. 하나같이 품어주고 싶은데 자식들 마음은 또 그게 아닐 때도 있지요. 그럴 때마다 부부는 가장 각별한 서로의 편이 되어주었습니다. 그런 모습을 보고 자라서일까요? 할머니 할아버지의 여섯 남매의 부부 금슬도 주변에서 모두 알아줄 정도입니다.

가족들 마음을 하나로 모으는 강력한 주제가 있습니다. 바로 할머니와 할아버지의 러브 스토리입니다. 76년을 한결같이 사랑하는 두 내외는 자식, 손자들에게도 신기한 커플이니까요. 모두들 저마다 알고 있는 두 분의 러브 스토리를 털어놓습니다. 요즘 시대를 사는 손녀딸들에게 할아버지는 최고입니다. 주변 어디를 봐도 할아버지 같은 남자는 없습니다. 물론 할머니 같은 여자도 흔치 않죠. 손녀들이 "할머니는 좋겠다, 할아버지가 평생 예뻐해주고." 깔깔대며 부러움 섞인 말을 하면 "내가 잘했으니까 예뻐해준 거지. 예쁨받으려고 나도 아주 잘해줬다고." 하며 받아치는 할머니. "그래요? 나도 그래야겠네. 남자를 만나면 써먹어야겠다." 손녀들은 대화를 나누며 사랑이라는 건 일방적인 게 아니라는 걸 깨닫습니다.

"여름방학 때 할머니 집에 오면 손녀딸이 예뻐서 손녀딸 끌어안고 잘 거 같죠? 아니에요. 천만의 말씀. 우리는 뒷전이고 할머니 꼭 안고 주무셨잖아."

얼마나 금슬이 좋은지 막내 고모와 동갑이라는 큰손녀의 이야기에 모두들 박장대소. 어느 젊은 사람들의 사랑 이야기 못지않게 찬란한 두 분의 러브 스토리가 명절 내내 집안에 흐릅니다.

사랑이란 명제는 누구든 무장해제시키는 힘이 있습니다. 오랜만에 만나 조금 어색한 사촌지간도, 어쩌다 보는 어른들도 두 분의 사랑 이야기에 마음이 다 풀어집니다. 그리고 매 순간 여전히 할아버지의 시선은 할머니를 향해 있습니다. 그 눈빛은 어떠한 덕담보다 자손들의 삶에 강력한 영향을 줍니다.

꽃 같은 인생, 세월은 모두 꽃잎이어라

꽃이고 나뭇잎이고 사람이고 다 똑같다고, 어느 가을 할아버지가 쓸쓸히 이야기했습니다. 코스모스가 바람에 흔들리듯 춤을 추던 꽃밭이었던가요. 한참을 그 속에서 꽃구경을 하더니 문득 그러시는 거죠. 봄이 되면 나기 시작해 여름 내내 비도 맞고 해도 보고 잘 살다가 가을에 서리가 오면 떨어지는 꽃처럼 사람도 마찬가지라고요. 어렸을 때 꽃송이처럼 작고 예쁘게 피었다가, 그렇게 피어나서 그냥 있으면 좋은데 점점 나이 먹으면서 떨어지는 게 인생이라고.

스무살 한때 멋모르고 뛰어다니지만 환갑이 넘어서면 아 이제 나도 죽을 때가 됐구나 깨닫게 된다고 말입니다. 떨어지면 그저 그만인 거라고. 꽃망울, 꽃잎, 그 향기 모두 다 사라지고 없는 거라고. 옆에서 가만히 듣고 있던 할머니가 "늙으나 젊으나 마음은 한 가지 아니겠소." 애처롭게 말을 거듭니다. 아무리 질 때가 되었어도 살 만큼 살았으니 이제 됐다고 하는 사람이 어딨겠느냐는 이야기를 하고 싶었던 모양입니다. 그래요. 더 살고 싶은 게 사람 마음입니다. 꽃이야 모르고 떨어진다 해도, 사람은 또 그렇지 않으니까요.

"우리도 젊어서 예뻤는데 우리도 이렇게 꽃처럼 예뻤잖아요."

"젊어서는 꽃보다 더 예뻤지"

"왜 우리는 지금 이렇게 늙었는지, 우리 너무 늙었어요. 꽃들 보니 눈물이 나네요."

"꽃도 우리와 마찬가지예요. 젊어서 예쁘다가 시들잖아요. 다 같아요. 울지 말아요."

꽃밭에서 꽃을 보면서 할머니는 꽃 같은 때가 그리웠습니다. 지난 시절을 떠올리며 울컥한 마음이 들었어요. 저렇게 예쁘게 피어나던 시절이 있었는데, 이제 나도 지는 일만 남았구나. 갈 곳이 한 군데뿐이구나. 할아버지 나는 억울해요. 사람은 한 번 가면 그만인데 풀포기는 봄이 되면 파릇하게 또 올라오잖아요. 한 번 갔다가 또 오는데, 자박자박 작년에 올라왔던 자리에 다시 다 싹이 올라오는데 왜 사람은 한 번 죽으면 다시는 눈도 안 나고 싹도 안 나고 아무리 오라고 울어도 오지 않고 아무리 애를 써도 안 오는 걸까요.

아이고 무정하다. 참 무정하다. 사람이 제일 무정해요. 풀포기만도 못 해. 할머니의 푸념이 이어졌습니다. 그때 세상 이치가 다 그렇다며 위로하던 할아버지가 슬그머니 일어나 꽃밭으로 향했습니다. 그곳에서 하나둘 꽃을 한아름 딴 할아버지는 마을에서 최고로 짚을 잘 꼬던 솜씨를 발휘해 꽃을 엮었습니다. 그리고 한아름 엮인 꽃다발을 들고 와 할머니 머리에 살짝 꽂아줬지요. 할머니는 박수를 치며 좋아했습니다. 우리 할아버지 최고네, 아이고 예뻐라, 대낮에 이게 무슨 호강이에요. 울적한 마음은 언제 그랬냐는 듯 사라지고 행복한 미소가 가득했습니다.

"사람 살다가 그걸로 끝나는 거예요. 아무 필요 없어요. 자손들이 제사를 잘 지내도 필요 없는 거야. 살아야 제일이지. 그래서 오래 살다 죽어도 서러운 거라오."

"네, 그러니 우리 열심히 다닙시다. 살아 있는 동안은 즐겁게 살아야죠. 배도 타고 비행기도 타고 큰 버스 타고 신작로 길도 달리

구요."

지는 꽃을 보고 울적했던 부부는 어느새 손을 꼭 잡고 있었습니다. 머리에 예쁜 꽃을 꽂은 채 신랑의 손을 잡고 걷는 할머니는 가을 하늘처럼 눈부셨습니다. 이 시간이 정말 행복하다고, 끊임없이 반복하는 할머니의 모습에 할아버지도 지는 꽃이 아닌 막 피어난 꽃처럼 해사하게 웃습니다.

빛깔 고운 커플 한복을 입노라면

옛날 강원도 진부 어느 마을에 빨간 한복에 빨간 댕기를 드린 소녀가 있었습니다. 소녀는 한복 입는 게 좋아 빨간 한복을 애지중지 곱게 다뤘지요. 어머니도 그런 소녀가 기특했는지 다른 동생들에게 입히지 않는 한복을 소녀에게만은 입혀주었습니다. 소녀가 일곱 살 되던 해, 친구를 따라 동네 옷 짓는 아주머니 댁에 갔는데요, 그곳에서 소녀는 온 마음을 빼앗기고 말았습니다. 색색의 고운 천에 자그마한 바늘이 따라가면서 옷이 만들어지고 있었거든요. 눈이 쉴 틈 없이 신기했지요.

그때부터 소녀는 틈만 나면 아주머니 댁을 찾았습니다. 다른 아이들이 하는 숨바꼭질이며 술래잡기가 하나도 재미있어 보이지 않았어요. 소녀의 눈엔 춤추는 나비처럼 가위를 따라 잘리는 천을 구경하는 게 훨씬 재미있었죠. 아주머니 손에 들린 천이 바람에 펄럭 하늘로 오르내리는 모습이 얼마나 예쁘던지요. 바느질을 마치고 인두질 할 때 세수한 아이처럼 점점 깨끗해지는 한복을 볼 때는 우아! 탄성이 저절로 쏟아져 나왔습니다.

© 김재승

매일 찾아오는 소녀가 귀여웠던 아주머니는 조각천이 생기면 모았다가 소녀에게 주곤 했어요. 소녀는 어깨너머로 배운 바느질 하는 법, 인두질 하는 법을 기억해 조각천으로 바느질 연습을 했습니다. 처음엔 골무를 만들고 다음엔 손수건을 만들고 그 다음엔 보자기를 만들고. 그럴 때마다 어찌나 가슴이 쿵쾅대던지. 그 시간만큼은 세상을 다 가진 것 같았지요. 그렇게 매일매일 아주머니를 찾아다니던 소녀가 어느 날 자신의 저고리를 지어 입었습니다. 그리고 소녀의 야문 손끝에 대한 칭찬이 여기저기서 끊이지 않았습니다.

칭찬을 받으니 더 신이 나고, 신이 나니 바느질이 더 좋아졌습니다. 논두렁 지나 한참을 가야 하는데도 매일 가니까 동네 총각들이 겁을 주곤 했습니다. 지나다 큰일 당해도 몰라, 거기 무서운 사람들 나온다던데. 평소에는 겁이 많아 작은 소리에도 놀라곤 하던 소녀가 이상하게 바느질집에 찾아가는 건 하나도 무섭지 않았습니다. 지금 생각하면 꼬마 혼자 가기에는 먼 길을 겁도 없이 그렇게 다녔네요.

세월이 흘러 소녀가 자라 누군가의 아내, 엄마가 되었습니다. 소녀는 아이 키우고 살림하느라 바쁜 나날이었지만 자신의 옷을 곱게 지어 입고 다녔죠. 그런데 어쩌다 마을 잔치에 가면 옷을 정말 예쁘게 해 입었다며 옷을 지어달라는 사람들이 있는 겁니다.

"아유, 못해요. 저 애 키워야 해요."

"그냥 아주머니 입은 것처럼 그대로 해주세요. 부탁해요."

막무가내로 밀어붙이는 청을 거절하지 못하고 이 집 저 집 부탁이 들어오면 결혼 예복부터 사주 저고리까지 솜씨를 발휘했습니다. 그렇다고 돈을 받거나 하지는 않았습니다. 잔치에 가서 맛난 음식 배부르게 먹으면 그만이었어요. 먹고 살기 만만치 않은 때였지만 자신의 재주로 누군가에게 축복받을 선물을 주면 그뿐이다, 했죠. 아이들이 크는 내내 바느질 부탁은 계속됐습니다. 그리고 시간이 흘러 소녀는 할머니가 되었습니다.

나이 먹어서도 흔한 몸빼 한 번 입지 않은 할머니는 언제나 정갈하게 곱게 치마저고리를 챙겨 입었지요. 세월이 많은 것을 바꾸어 놓았지만 빛깔 고운 한복을 사랑하는 마음만은 그대로 두었습니다. 그 마음을 아는지 환갑이 지나 사위와 딸이 할아버지와 함께 입으라고 똑같은 빛깔의 커플 한복을 해주었습니다. 처음 둘이 한복을 입고 길을 나서던 날, 할머니는 어깨너머 배운 솜씨로 첫 저고리를 만들었던 날이 떠올랐습니다. 행복해서 어쩔 줄 모르던 그때를 말이지요. 그 이후로 오랫동안 할머니와 할아버지는 꼭 같은 빛깔의 한복을 입습니다.

"할아버지, 우리 이렇게 똑같이 입고 다니면 기분이 어때요? 난 아주 행복해요."

"나도 그래요. 우리 똑같이 입는다고 상도 주고 그랬잖아요."

"네, 그랬어요. 보는 사람도 웃고 나도 웃고, 참말 좋아요."

"허허허, 그건 할머니가 예쁘니까 웃는 거예요."

커플 한복은 할머니 할아버지의 또 다른 이름이 되었습니다. 우리나라에 이런 할머니 할아버지가 없다고 본받아야 한다는 고마운 말을 듣기도 했습니다. 참 곱습니다, 보기 좋습니다, 하며 인사를 주고받는 길은 또 얼마나 즐겁던지요. 아픈 다리가 다 나을 듯 아주 기분 좋게 해줍니다.

좋아하는 한복을 좋아하는 사람과 똑같이 입어 정말 좋았다는 할머니, 할머니가 좋아하는 것이니 함께 하며 덩달아 좋았다는 할아버지. 맞춰 입은 커플 한복이 주는 의미는 보이는 것에서 그치지 않습니다. 같은 것을 공유한다는 기쁨과 자식도 손주도 다른 누구도 아닌 둘만의 것이라는 뿌듯함이 함께 하죠. 이처럼 커플 한복은 할머니와 할아버지의 결혼 생활에 감칠맛을 돋아주는 소금과 같습니다. 일상에 활력을 주는 공통된 둘만의 약속.

©김재송

그래서인지 할머니는 다른 세상에서도 할아버지와 손을 꼭 잡고 커플 한복을 입고 싶은 소망이 있습니다. 누가 먼저 가든 기다렸다 만나 똑같은 옷을 입고 함께 걷고 싶습니다. 그곳에서도 그렇게 아름다운 빛깔의 한복을 입고, 장에도 가고, 노인대학에도 가고, 꽃구경도 가고 그랬으면 좋겠습니다.

"할아버지, 먼저 가면 나 꼭 데리러 와요.

데리러 오면 새파란 치마에 노란 저고리 입고 손 잡고 걸읍시다."

사랑할 수 있어서, 난 멋있는 삶이라오

추수가 끝나고 볕이 좋은 가을의 시골, 새파란 하늘 아래 해야 할 일이 있습니다. 산에 가서 땔나무들을 모아오는 것입니다. 아직까지 아궁이에 불을 때는 할머니 할아버지도 지나칠 수 없는 일 중 하나지요. 햇볕이 살갑게 툇마루 안쪽까지 들이밀던 날, 할머니는 할아버지를 재촉했습니다. 언제 어느 때 바람이 거세질지 모르니까요. 제법 쌀랑해진 바람에 맞서 목도리도 꺼내고, 모자도 꺼내고 할아버지를 무장시키고 채비를 서둘렀습니다.

할아버지는 지게를 꺼내 지고 할머니는 할아버지의 손을 잡고 뒷산으로 향합니다. 나무를 하러 간다고 해서 할머니가 큰 도움이 되지는 않습니다. 그러나 혹시나 할아버지가 넘어지진 않을지 걱정되는 마음이 커서 꼭 함께 나섭니다. 간 길에 할머니는 저절로 토실토실 살이 올라 떨어진 밤도 좀 주울 생각이었습니다.

"나무 하러 갑시다, 할아버지. 나는 밤 좀 있나 보려구요. 같이 가

요. 나무 하러."

"네 그래요. 할머니 말 잘 들어야지."

귀찮을 법도 한데 군말 없이 앞장서며 말 잘 듣겠다고 하자 할머니의 얼굴에 함박꽃이 폈습니다. 내친 길에 날 좋을 때 많이 하자고, 한 되는 해서 가자고 은근히 할아버지에게 생각한 계획을 늘어놓았지요. 지게를 지고 가던 할아버지는 알겠다고 고개를 끄덕였습니다.

막내아들이 한 번씩 오면 나무를 해다 주긴 하지만 그것만으로는 부족하니, 시간이 될 때 넉넉히 해놓자고 할머니가 한마디 더 보탰습니다. 그런데 알겠다고 걱정 말라는 할아버지의 등은 이제 너무도 작아졌습니다. 생의 바람에 풍화된, 백 살을 바라보는 노인의 등이 그대로 세월을 말해주고 있었습니다. 마음은 당장이라도 뛰어가 지게 가득 나무를 실을 것 같은데 막상 도착해 나무를 하는 내내 힘들고 어려웠습니다.

"나이 젊었으면 좀 나무 많이 해놓을 텐데, 안 그래요?"

"휴, 나무 하러 가기 참 되다."

거두기 쉬운 곳에 있는 것들은 다 재빠른 사람들의 차지가 되고 마니, 쓸 만한 것들을 찾으러 할머니와 저 덤불 숲까지 가는 길이 말 그대로 참 고됐습니다. 시간이 언제 이렇게 지나간 걸까요. 지게에 나무를 실어놓고 볕 아래 앉아 아득한 지난 날을 돌아봤습니다. 이렇게 시간이 바람 불듯 지날 줄 알았으면 일도 덜 하고 좋은 구경 많이 하는 건데, 할머니의 아쉬움 담긴 이야기를 들으며 할아버지는 생각에 잠겼습니다.

어머니를 잃고 고생하며 떠돌다 만난 예쁜 색시, 그 사람과 함께 한 아름다운 시간, 그 사이에서 태어난 반가운 아이들. 바람에 깎여 나간 시간 속에 있는 소중한 추억들이 강물처럼 흘러 넘쳤습니다. 어느새 다 자라 장가 가겠다고 아들이 각시를 데려왔을 때, 시집 보내놓고 걱정이 되어 매일같이 산 넘어 사는 딸아이를 들여다보던 때, 마당 위를 화려하게 수놓았던 첫손주의 첫 걸음마, 그 속에 언제나 서로를 어루만지던 소중한 내 사람이 있었지요. 돌아보니 후회는 없습니다. 큰 부자가 되지도 못했고 큰 이름을 갖지도 못했지만 잘 살았구나, 할아버지는 긴 숨을 토하며 말했습니다.

"여자를 예쁘게 도와주고 예쁘게 보고 그렇게 사는 게 멋있는 삶이요. 나는 멋있게 살았어. 후회 없어요."

"그럼요. 나도 그래서 참 예쁘게 살았어요. 그런데 이 좋은 세상 금방 늙어버린 건 너무 속상해요."

어렵게 모은 나무가 가득한 지게를 등에 지고 가야 할 시간. 젊었을 때처럼 벌떡 일어나지 못했습니다. 그러나 그런 것쯤 아무렇지 않았습니다. 할아버지에겐 오래 진부터 등에 진 짐을 함께 받쳐주는 할머니가 있습니다. 야속한 세월을 견디게 하는 것은 돈이나 물질이 아닙니다. 거부할 수 없는 세월을 이겨내는 걸 가능하게 하는 것은 내가 사랑하고 나를 사랑해주는 한 사람일 것입니다.

할아버지 곁에 있는 한 사람, 할머니 곁에 있는 한 사람. 그 단 한 사람의 힘으로 여기까지 온 것입니다. 남이 귀하게 해준 것은 진정 귀한 것이 아니라고 했죠. 누군가를 사랑하는 건, 다른 이를 귀하세 여길 줄 안다는 건, 나를 귀하게 여기는 첫걸음입니다. 상대를 사랑하는 것은 나를 사랑하는 것과 다름 아니죠. 할머니와 할아버지가 누구보다 행복한 삶을 살 수 있었던 것은 서로를 귀히 여겨 스스로 귀한 삶을 살았기 때문일 겁니다.

가슴속의 아이들

어김없이 오일장에 나선 할머니는 속옷 가게에 들러 어쩐 일인지 어린아이 여섯 명 분의 내복과 양말을 보여 달라고 했습니다. 손주들도 다 자랐는데, 증손주에게 줄 선물은 아닐 겁니다. 치수를 정확히 아는 것 같지도 않았습니다. 여자아이 남자아이의 비율도 잘 기억하지 못했구요. 가게 주인이 여러 번 확인을 해서야, 남자아이 것 한 벌 여자아이 것 다섯 벌이라고 정리가 되었죠. 정확히 어떤 사이즈를 원하냐는 말에도, 그냥 여섯살 세 명 세 살 세 명인데, 좀 크고 좋은 걸로 달라고만 하셨습니다.

누구에게 선물할 거냐는 질문에도 아무 말씀 없으시고, 그저 좀 넉넉한 거면 좋겠다고, 이왕이면 제일 예쁜 걸로 달라는 말씀만 반복하셨죠. 이것지것 내놓은 내복을 한참을 보고 골랐습니다. 두툼하고 알록달록한 예쁜 양말도 공평하게 여섯 켤레를 샀지요. 아이들 속옷과 양말을 소중히 들고 걸어가는 길, 할머니는 할아버지에게 말했습니다.

"우리 애들 많이 컸을까요? 할아버지가 먼저 가게 되면 꼭 잘 전해 줘야 해요."

"내가 그렇게 할게요. 걱정 말아요, 할머니."

옛적에 할머니 할아버지 품을 떠난 여섯 아이들 때문이었습니다. 어려웠던 시절 열 둘 중 여섯 아이를 잃어야 했던 할머니와 할아버지. 할머니는 가끔 그 아이들 생각을 하면 눈이 시립니다. 뭇사람들에게 내가 그렇게 간수를 못해 애들이 가버렸다고 탄식을 하기도 합니다.

아이를 낳으면 이튿날부터 산모 스스로 밥을 해먹어야 했던 시절이었습니다. 일 나가는 남편, 엄마만 바라보고 있는 나머지 아이들 때문이라도 기어이 이불을 박차고 나와야 했습니다. 미역이 귀해 미역국도 제대로 못 끓여 먹고 바람 든 몸으로 견뎌야 했던 때였지요. 그 고생을 열두 번이나 겪었으니 할머니 몸이 상하지 않은 게 이상할 정도입니다.

그러나 할머니가 탄식하는 이유는 돌보지 못한 몸이 아니라, 사는 게 바빠 미처 챙기지 못한 아이들 생각이 나서입니다. 좀 따뜻할 때 태어났으면 나으련만 먼저 간 아이들 대부분이 정월 달 생이었어요. 전쟁도 겪고, 피난도 겪으면서 아버지 등에 진 지게 위에서 고개가 넘어간 아이도 있고, 다시 돌아오는 길에 얼어서 떠난 아이도 있고, 잘 놀다가 병이 나서 며칠을 못 견디고 떠난 아이도 있지요.

시절이 안타까울 때라 따뜻한 내복 한 벌 못 해 입힌 게 할머니는 내내 마음에 걸렸습니다. 요즘처럼 뭐든 흔할 때 태어났으면 얼마나 좋았을까요. 먹을 것도 배부르게 먹이고, 예쁘고 따뜻한 내복도 사 입히고, 맨발이 아니라 폭신한 양말도 신겨주었으면 얼마나 좋았을까요. 나머지 여섯 남매 덕에 살면서 좋은 일 많았지만, 그래도 엄마는 떠난 자식을 잊지 못하는 법입니다. 생의 즐거움 속에서도 문득 문득 아이들이 떠올라 한 번씩 멈칫 걸음을 멈추곤 했습니다.

할아버지의 건강이 예전만 못해지자 이번에 단단히 마음을 먹고 내복과 양말을 사러 나왔습니다. 그때 세 살이던 아이는 지금 저 세상에서 자라 있으려나, 아니면 그 앙증맞고 귀여운 모습 그대로 엄마 아빠를 기다리고 있을까? 치수를 갈팡질팡했던 것도 도무지 가늠이 가지 않아서였습니다. 결국 조금 자랐어도 입을 수 있을 만큼 넉넉한 사이즈를 사가지고 온 할머니. 집에 돌아와 그것들을 한참 어루만졌습니다. 이제는 떠나버리고 없는 아이들을 쓰다듬듯이 한참을 분홍빛 하늘빛 예쁜 내복을 그렇게 한참 만지고 또 만졌습니다.

"이거는 길원이 거고, 이건 남희 거고…… 나머지 애들도 다 잘 챙겨줘요."

"울지 말아요. 다 잘 있을 거요. 춥지 않은 곳에서, 잘 살고 있을 거야."

할머니는 기어이 참았던 눈물을 쏟았습니다. 누구든 먼저 가는 님이 아이들 내복은 볕 좋은 날 깨끗한 마당에서 고운 재만 남게 잘 태워주기로 했습니다. 남김없이 잘 태워야 떠나간 사람들이 입을 수 있다는 이야기를 들은 적이 있기 때문입니다. 세월이 흘렀다고 어떻게 자식을 잊을까요? 그저 가슴 저 편에 묻어둘 뿐이겠지요.

"여섯 살이면 아주 못할 말 없이 다 하고, 뛰어다니고 사람 구실을 다 할 때잖아요. 죽은 뒤를 돌아보면 그 발자국이 남아 있어요. 뒤꼍이고 마당이고 딛고 다니던 발자국이 비치잖아요. 겨울에 죽은 아이는 며칠 뒤 뜰 안에 응달에 가보면 눈 위로 자박자박 다닌 발자국이 있고, 여름에 죽은 아이는 물웅덩이 질척한 곳에 뛰어다닌 발자국이 있고, 여자아이들 주머니 짓는다고 가지고 놀던 헝겊조각이 있고, 며칠 지나 그런 게 나오면 기가 콱 막혀요. 남은 아이들이 걱정돼 참았던 울음이 그세야 터져 나왔지."

어머니 맛있어, 맛있어 하던 음성이 생각나 밥을 먹다가 아이고 내 새끼, 귀한 내 새끼, 어찌 그리 갔나. 이 에미가 미안하다, 미안하다

한참을 울었다는 할머니. 표현은 안 하지만 자신의 슬픔을 미룬 채 할머니를 다독이던 할아버지가 있어 슬픔을 견뎌낼 수 있었습니다.

'천만 결 물살에도 배 그림자 지워지지 않는다'고 함민복 시인이 말한 '그리움'대로 어떻게 해도 할머니 마음속 잃어버린 자식들을 향한 그리움은 지워지지 않을 겁니다. 언젠가 만날 날이 오겠지, 그날이 오면 내가 꼭 끌어 안아줘야지.

할머니도 할아버지도 언젠가 다시 만날 날을 생각하며 더 이상 울지 않기로 했습니다. 다만 아이들을 다시 만나면 그동안 못해준 사랑을 담뿍 담아 꼬옥 안아줄 것입니다. 시간을 잊은 채, 한없이 따뜻하게 안아줄 것입니다.

잘 가거라, 꼬마야

공순아, 너는 꼭 나와 같구나

서툰 이별 준비

이별의 여울목에서

멈춰진 시계

part 3

강 너머 오래된 집

그립다
말을 할까
하니 그리워

그냥 갈까
그래도
다시 더 한 번

저 산에도 까마귀, 들에 까마귀
서산에는 해 진다고
지저귑니다

앞강물 뒷강물
흐르는 물은
어서 따라오라고 따라가자고
흘러도 연달아 흐릅디다려

- 김소월 〈가는 길〉

이별을 생각하며 사랑하는 연인은 없다. 그들에게 끝이라는 단어는 존재하지 않는다. 그러나 때는 오기 마련이고, 남겨진 사람은 사무치는 그리움을 안고 산다. 할머니는 이제 혼자 강가에 앉는다. 한쪽 팔이 떨어져 나간 듯 허전해 목이 멘다. 늦가을 바람이 불던 날 할아버지가 98세의 일기로 돌아가셨다.

할아버지는 이제 세상에 없다. 그러나 할머니는 시간마다 할아버지를 느낀다. 밥을 먹을 때도, 잠을 잘 때도, 바람이 불 때도, 꽃이 필 때도, 강가에 앉아 있을 때도, 할아버지의 손길 눈빛 목소리가 공기처럼 떠다닌다. 생의 대부분을 함께 한 사람. 만져볼 수는 없지만 떠올릴 수 있다. 외로울 때마다 사랑하며 산 시간들이 선물이 되어 펼쳐진다. 그립지만 견딜 수 있고 아프지만 그 사랑으로 행복하다.

할머니는 다시 태어나면 노랗고 고운 옷을 입고 꾀꼴레루~ 하고 우는 꾀꼬리가 되고 싶다. 살면서도 꾀꼬리처럼 살고 싶었다. 시골 촌부의 아내로 사는 것은 분명 꾀꼬리처럼 곱고 화사한 삶은 아니었을 것이다. 그러나 사랑을 받고 또 그만큼 사랑하며 살아온 삶이었다.

사랑이 있는 삶. 생의 끝에서 나는 사랑이 있는 삶을 살았노라 말할 수 있다면 그것만큼 큰 축복이 있을까. 좋은 삶을 살기 위해 발버둥치고 있는 우리들에게 할아버지와 할머니는 자신들의 인생을 담보로 이야기한다. 사랑하라고, 매 순간 끊임없이 쉬지 말고 사랑하라고.

"물 내려가는 걸 보면 요새는 왜 이렇게 측은한지 몰라요. 강물은 자꾸 내려가잖아요. 올라오질 못해. 위에서 아래로 내려가기만 해요. 물 내려가는 거 보면 희한해요. 버들강아지 새끼도 떠내려가는 거 가만 보면 흘러 흘러 잘도 간다. 우리 늙어지는 것처럼 그렇게 잘 흘러가는구나. 사람 인생도 물과 같네. 고생도 하고 호강도 하고 만경풍파 다 겪고. 바람 부는 대로 그저. 구름 지나가는 대로 그렇게 이리 가고 저리 가고 물처럼 살았네. 혼자 이런 생각을 해요. 그런데요, 그전엔 젊어선 몰랐어요. 시간이 저 강물처럼 빨리 흘러가는 줄 이 집에 이사 올 때만 해도 몰랐지요. 근데 요즘은 물 흐르는 게 무서워요. 꼭 작년보다 올해 더 날래게 흐르는 세월 같아서, 겁이 나요. 할아버지가 떠나고 나도 떠나고 아무것도 남지 않게 되는 게 서러워요."

"횡성에 와서 세 번째 이사온 집이었어요. 할머니 기억나요? 처가에서 나와 진부에 살 때 우리 참 좋았잖아요. 아이들 낳고 그 애들이 국민학교 들어갔을 무렵 이승복 사건이 났잖아요. 왜 우리 둘째아이랑 친구였던 승복이. 그래서 할머니가 무섭다고도 하고 애들 키우기도 더 좋을 거 같아 횡성으로 왔죠. 이곳에 터를 잡았을 때 기쁨을 어떻게 얘기해야 할까요."

"나는 아무것도 없는 사람이었잖아요. 그런데 내 집이 생겼다니. 일이라면 악착같이 쫓아다녀 돈도 벌었지요. 여섯 아이 먹이고 키우느라 여유 있는 형편은 아니었지만 그래도 남한테 손 벌리지 않고 살았으니 그게 어딘가요. 여기 와서 이룬 게 참 많습니다. 밤낮이고 일해서 목돈을 손에 쥐었을 때, 그 돈을 다 주고 건너 골에 밭을 샀지요. 이곳이 내가 묻힐 곳이라고 생각하니 난 살면 살수록 마음이 좋아요. 내가 떠난 뒤에도 저 강은 지금처럼 흐르겠지요. 혹시 내가 먼저 가더라도 너무 많이 울지 말아요."

이제 봄이 오려나봐요. 겨우내 꽝꽝 얼었던 강이 졸졸졸 소리를 내며 흐르기 시작했어요. 강이 흐르고 언 땅이 녹고 강 너머 우리 집에도 봄기운이 쏟아질 것 같아요. 할아버지, 겨우내 춥지 않았어요? 조금만 기다려요. 개나리 진달래 피면 내 얼른 가 꺾어다 구경시켜줄게요. 봄이 지나고 화단에 맨드라미 빽빽한 여름이 오면 강물에 들어가 노는 피서객들이 많아질 거예요. 그때가 되면 공순이 목욕도 시켜주고 할아버지한테도 목 축일 시원한 물 한사발 가져갈게요. 낙엽이 떨어지면, 기대해요. 내가 다 쓸어 놓은 낙엽을 할아버지한테 휘휘 뿌릴 테니. 나한테 늘 그랬잖아요. 이번엔 내가 먼저 장난 한번 해볼랍니다. 그런데 눈이 오면 어쩌지요. 찬바람 불던 날 떠나던 할아버지 생각나 내가 너무 힘들 것 같아요. 그래도 할아버지 아직까지 흘러갈 게 남은 인생 웃으면서 살아볼게요.

할아버지가 함께 해줬던 76년의 세월이 나를 지켜줄 거예요, 분명.

우리 곧 다시 만나요. 사랑해요, 고마워요.

잘 가거라, 꼬마야

하필이면 그날 비가 내렸습니다. 장마가 끝날 즈음이었는데 다시 시작되듯 추적추적 쉬지 않고 내렸습니다. 강물도 불고 할머니 할아버지의 마음도 슬픔으로 퉁퉁 부은 날이었습니다. 꼬마가 죽은 날입니다. 비가 내리는 것 말고는 여느 때와 다름없는 아침이었습니다. 달라진 게 있다면 공순이가 유난스럽게 짖었다는 것이었죠.

공순이는 누군가를 부르듯 짖고 또 짖었습니다. 빗소리 물소리에 컹, 컹컹, 컹. 누가 왔나, 저 녀석이 왜 저러나, 할머니는 나가보지 않을 수 없었습니다. 개집 근처에 가보니 꼬마가 쓰러져 있었습니다. 아니 숨이 끊어진 채 늘어져 있었습니다. 이리 좀 와봐요, 할머니가 고함을 쳐서야 할아버지가 놀라 다가왔습니다. 간밤에 짐승에게 물린 듯했습니다. 어제까지도 잘 먹고 잘 놀던 꼬마였는데, 황망함을 감출 수 없어 할아버지 할머니는 한동안 멍하니 있었습니다. 우산 위로 떨어지는 비는 여전했습니다. 컹, 컹컹. 공순이가 다시 짖어서야 정신을 차렸습니다.

"짐승한테 맞았나봐요. 열네 살이나 먹어서 힘이 없어서 그냥 당했나봐요."

"아이고 우리 꼬마, 이를 어째."

"앞산에 묻어줍시다."

할아버지는 조용히 창고 앞으로 가서 농기구가 놓인 수레를 가져왔습니다. 꼬마를 수레에 싣고 강을 건너 앞산으로 갔습니다. 가는 내내 꼬마의 눈물 같은 빗줄기가 계속 할머니와 할아버지의 우산을 두드렸습니다. 십사 년, 짧지 않은 시간이었습니다. 공순이가 오기 훨씬 전부터 꼬마는 할아버지와 할머니의 또 다른 벗이었습니다. 노인대학에 다녀오거나, 장에 다녀온 날이면 반갑다고 꼬리를 치며 달려들던 꼬마. 볕이 좋은 날엔 할아버지와 강가에 가서 목욕도 하고, 이리저리 뛰어다니며 재롱을 부리던 꼬마였습니다. 작고 귀엽다고 붙여준 꼬마라는 이름이 무색하게 제법 집도 잘 지키고 새로 온 공순이에게도 의젓했던 꼬마였습니다. 수레를 뒤따라가며 할머니는 눈물을 훔쳤습니다. 불쌍한 것, 두 노인네만 사는 곳으로 와서 고기도 못 얻어 먹고, 꼬마에 대한 안타까움에 좀처럼 눈물이 멈추질 않았습니다.

"이럴 줄 알았으면 장에서 꽁치라도 사다 먹이는 건데. 우리 꼬마 불쌍해라. 아이고 불쌍해라."

"그만해요. 속상해한다고 살아날 수 있는 것도 아닌데, 좋은 곳으로 갔을 거예요."

누가 그랬는지 할머니는 억장이 무너집니다. 앞산에 도착해 꼬마를 묻어줄 적당한 곳을 찾았습니다. 할아버지가 구덩이를 팝니다. 이제는 괭이질도 힘에 부치지만 땀을 닦으면서 열심히 팝니다. 할머니는 꼬마가 눈을 뜨고 뛰어들어갈 것 같습니다. 찬바람 불 때 작은 포대기 하나 집에 깔아주면 그 속으로 폭 하고 들어가던 꼬마가 눈에 선합니다. 구덩이를 다 파고 목줄을 풀어주려는데 잘 되지 않습니다. 그대로 묻어주기엔 꼬마가 너무 답답할 것 같아 실랑이 끝에 목줄을 풀고 묻어줍니다. 흙을 퍼 작게 봉분을 만들고 검풀을 덮어주었습니다. 비에 젖은 흙이라 차갑진 않을지 할머니는 꼬마가 안쓰러워 다시 눈물을 터뜨립니다.

이렇게 될 줄 꿈에도 몰랐습니다. 작별인사도 없이 갑자기 떠날 줄 몰랐습니다. 할아버지도 언젠가 이렇게 떠날까요. 할머니는 문득 두려움이 밀려옵니다. 할아버지가 떠나고 남겨질 자신이, 그런 할머니마저 떠나고, 남겨질 공순이가 불쌍해 웁니다. 남겨질 인생들에 대한 안타까움이 꼬마의 죽음으로 짙게 밀려옵니다.

꼬마가 죽고 아무 말이 없던 할아버지였습니다. 좋아하던 할머니와의 대화도 부쩍 줄고, 묻는 말에만 겨우 대답을 할 정도였지요. 멍하니, 방문을 열어놓고 바람에 나부끼는 것들을 바라보는 시간이 길어졌습니다. 먼저 간 꼬마를 생각하는 걸까요. 아마도 그날 이후인 것 같습니다. 할아버지는 눈에 띄게 쇠약해졌습니다.

할아버지가 밤새 기침을 하느라 잠 한숨 못 잔 날, 한참을 울던 할머니는 너무 속이 상하고 겁이 나서 딸에게 전화를 걸었습니다. 그저 넋두리나 늘어놓을 생각이었는데 근심 가득해진 아이들이 번갈아 전화를 하더니 부산에 사는 둘째까지 다들 할아버지를 보기 위해 찾아왔습니다. 막내딸이 울며 병원에 가자고 잠자듯 맥없이 누워 있는 할아버지를 흔듭니다.

병원에 가면 나을 수 있을까요. 조금 더 함께 할 수 있을까요. 두 번째 이별을 직감하며 할머니는 가슴이 미어집니다. "여보, 할아버지 나 아직 준비가 안 되었어요. 조금만 더 힘을 내요."

아무리 긴 세월이 흘러도
이별은 준비되지 않을 것 같습니다.

공순아, 너는 꼭 나와 같구나

공순이는 이제 네 살입니다. 할아버지가 동네 사람에게 공짜로 받아 왔죠. 그래서 이름도 공순이입니다. 공순이를 할아버지가 얼마나 예뻐하는지 몰라요. 꼬마가 짐승에게 물려 죽고 난 후로는 할아버지의 사랑이 더 각별합니다. 정 많은 할아버지는 살아 있는 생명을 귀하게 여겼습니다. 꼬마와 공순이가 함께 살 때도 살뜰하게 밥도 챙기고, 둘 모두에게 정성을 쏟았지요. 어쩌다 일을 쉬고 마당에 앉으면 할아버지는 강아지들과 놀며 아이처럼 좋아합니다. 꼬마도 공순이도 할아버지 장난에 펄쩍펄쩍 뛰며 즐거워하죠.

사실 할머니는 강아지를 그렇게 좋아하지 않았습니다. 짐승을 무서워하는 탓도 있었고, 깔끔한 할머니 성격에 강아지를 키우는 것도 대충해서 넘길 일이 아니었으니까요. 하지만 할아버지와 살다보니 강아지들 예쁜 것도 알게 되고, 정도 많이 가서 잘 챙겨주곤 했습니다. 그렇게 정을 주며 키우던 꼬마가 죽었을 때, 작은 수레에 꼬마를 싣고 신작로 다리 너머로 가 묻어주며 한참을 울었습니다. 할아버지도 안경 너머 눈동자에 눈물이 가득 고였죠.

"할아버지, 강아지가 더 좋소, 내가 더 좋소?"

"할머니가 더 예쁘지."

"내가 더 밉다고요?"

"그게 무슨 말이야, 강아지는 둘째지."

그런데 할아버지의 사랑을 할머니 다음으로 받는 이 대단한 공순이가 사랑에 빠졌습니다. 상대는 길 건너 목사님집 개. 할머니는 털도 많고 못생긴 목사님집 개가 영 마음에 들지 않아, 올 때마다 몇 번을 쫓아냈습니다. 안 그래도 목사님집 개와 새끼를 한 번 낳은 경력이 있던 터라 혹시나 또 새끼를 가져 고생하지는 않을까 염려되는 마음에 그런 것입니다.

하지만 사랑이란 것이 어디 그런가요. 못 만나게 하면 더 만나고 싶은 게 사랑이잖아요. 공순이와 공순이 짝꿍도 그랬나 봅니다. 한번은 세상에 공순이가 제 집을 목에 매단 채 교회 쪽으로 가고 있는 게 아니겠어요. 할아버지가 발견하고 얼른 데리고 와 사태는 수습됐지만 그

날 할머니한테 얼마나 혼났는지 모릅니다. 다음부터 공순이는 도발을 멈췄습니다. 그런데 문제는 상대방 개. 어느 날 갑자기 뛰어와 공순이와 사랑을 나눈 겁니다. 순식간에 벌어진 애정행각은 결국 책임질 수 없는 결과를 초래하고 말았습니다. 공순이가 새끼를 밴 거예요.

할아버지 기력은 점점 떨어지고, 할아버지 보살피느라 할머니도 매일 매일이 파김치인데 공순이 새끼까지 보살필 여력이 도저히 안 될 것 같았습니다. 불러오는 배를 보며 할머니는 여러 날 한탄을 했습니다.

"할아버지, 나 공순이 새끼 낳으면 다 목사님 댁에 데려다 줄 거예요. 공순이가 간 거 아니고, 그 집 개가 왔으니까 그래도 되는 거지요?"

"그래요. 그렇게 해요. 그런데 낳자마자 말고, 그래도 한 달이라도 키우고 데려다 줘요. 에미 너무 빨리 떨어지면 못 써."

볼 때마다 성을 내지만 그래도 할머니는 땡볕에 만삭의 몸을 하고 있는 공순이가 늘 안쓰러웠습니다. 한여름에는 배가 어찌나 무거워 보이던지 싫다고 도망가는 녀석을 뛰어가 잡아와 목욕을 시켜줬습니다. 빠르긴 또 왜 그렇게 빠른지, 할머니 걸음으로 최선을 다해 좇아가도 잡을 수가 있어야죠. 기진맥진했지만 화나는 마음보다 에미 되느라 불쌍한 몸 시원하게 씻겨줘야겠다가 먼저였죠. 사람들이야 덥다고 말이라도 하지만 말 못 하는 짐승들은 오죽할까 마음이 늘 쓰였습니다.

새끼를 밴다는 게 얼마나 힘든 일인지 누구보다 잘 알기 때문에 더 그랬던 건지 모르겠습니다.

그렇게 할아버지의 사랑과 할머니의 보살핌을 받던 공순이가 드디어 새끼를 낳던 날. 할아버지는 몸이 좋지 않아 약을 잡수시고 잠이 드셨고, 밤새 우는 공순이를 따라 할머니는 자다 깨다를 반복했습니다. 한 마리를 낳고, 뒤돌아 잠을 청하면 또 울며 한 마리를 낳고. 그렇게 공순이의 출산은 닭이 울 때까지 계속됐습니다.

"우리도 딸 셋 아들 셋. 우리 공순이가 똑같이 그렇게 낳았어요. 어떻게 그럴 수가 있어요?"

"희한하고 신통하네. 할머니도 밤새 같이 고생 많았소."

암컷 세 마리 수컷 세 마리, 새끼 여섯 마리를 낳느라 반쪽이 돼 젖을 늘어뜨리고 있는 공순이를 보면서 할머니는 꼭 나 같구나 하고 한참을 쓰다듬어주었습니다. 아들 셋, 딸 셋을 낳고 나무처럼 쭈글쭈글해진 자신의 모습과 겹쳐져 한동안 곁을 떠날 수가 없었지요. 이제 저걸 어찌 키우나, 새끼들이 무섭게 달라붙어 젖을 빨아댈 텐데 공순이 미역국이라도 실컷 먹여야지 마음먹었습니다.

마침 큰딸 내외가 공순이가 새끼 낳았다는 소식에 미역이며 북어를 들고 찾아온다고 했습니다. 못생긴 목사님집 개와 사고를 친 건 미웠지만 그래도 할머니는 공순이가 몸을 회복할 수 있도록 애쓰며 보살폈습니다. 주둥이가 새빨간 작은 새끼 강아지들을 보면 무시로 옛 생각이 났습니다. 첫아들을 낳고 행복했던 때, 둘째 그리고 셋째 아이들이 늘고 그 아이들이 자라면서 누렸던 기쁨. 언제나 아이들로 북적거리던 집. 고요와 적막을 벗하고 살고 있는 지금, 문득 그때를 생각하면 자꾸 눈물이 나옵니다. 사람 사는 게 다 이런 거라고 마음은 알고 있지만, 순식간에 밀려오는 외로움은 눈물을 참기에 너무 거셌습니다. 울다가 웃다가 공순이를 보고 할머니가 이야기했습니다.

"공순아 어서 먹고 기운 차려라, 네 새끼들은 애비한테 데려다 줄 거야.

나는 이제 힘들어서 못 키워. 데려다 주고, 할아버지 먼저 가시면 우리 둘이 잘 살아보자.

강아지 낳느라고 고생 많았다. 우리 공순이."

서툰 이별 준비

여든다섯까지 바깥일을 할 정도로 몸이 잰 할아버지가 요새 자주 누워 있습니다. 잠이 쏟아지나 봅니다. 밤에도 자고 아침에도 자고 낮에도 자고요. 가끔 어떤 땐 끼니를 잊고 잠을 잡니다. 할머니는 외롭습니다. 말동무라고는 할아버지뿐인데 통 이야기를 하지 않으니 친구 잃은 아이처럼 서글픕니다.

"할아버지요, 말 좀 해요. 할아버지 좀 일어나 봐요."

"아, 좀 자게 둬요."

돌아오는 건 자게 내버려두라는 말뿐입니다. 한 해 전만 해도 이러지 않았는데, 우리 둘이 오손도손 재미났는데, 곤히 자는 할아버지를 보니 이젠 화가 날 지경입니다. 할아버지 정신도 좀 차릴 겸 할머니는 그동안 미뤄왔던 일을 하기로 했습니다. 바로 숫자 공부입니다. 제대로 배울 수 없었던 시절이었습니다. 할머니 할아버지 모두 글공부를 다른 사람보다 많이 늦게 시작했습니다. 그래서인지 다 깨치지도 못했고요. 그래도 지금껏 사는 데 아무 문제 없었어요. 아이들도 잘 키웠고, 다른 사람한테 피해 준 적도 없습니다. 하지만 할머니는 할아버지가 지금 꼭 숫자를 잘 익혔으면 좋겠습니다.

할아버지가 아프기 시작하면서 어쩌면 헤어질지도 모른다는 불안감이 엄습했기 때문입니다. 이별을 준비해야 하는 순간이 오리라고 생각하며 살지 않았습니다. 매일매일 아끼고 때론 다투고 화해하고 76년을 그렇게 살았어요. 내 하루의 공기를 나누는 단 한 사람을 세상에서 볼 수 없을 거라고 상상도 못 했죠. 그런데 요즘 어쩌면 이별할 수 있다는 생각이 듭니다. 할아버지든 할머니든 누군가 나이를 이기지 못해 자의 반 타의 반 헤어질 수도 있겠다는 생각을 합니다.

"일어나서 읽어봐요."

"일, 이, 일, 이, 삼, 사, 오, 육, 칠, 팔, 구, 십."

"잘 하시네, 할아버지 최고야."

숫자 공부를 하는 이유는 전화를 걸어야 하기 때문입니다. 살면서 한 번도 전화를 걸어본 적이 없는 할아버지가 할머니는 걱정입니다. 혹시 갑자기 할머니가 아파 서로 떨어지게 되면 전화로라도 안부를 물어야 하는데 할아버지가 숫자를 몰라 전화를 못 하면 어쩝니까. 할머니는 할아버지가 귀찮아 다시 이불 위에 누울 때까지 몇 번을 반복합니다. 다시 읽어봐요, 이거 몇이에요. 배워가지고 내가 만약에 어디 아프면 아들집에 전화해주고 딸네 집에 전화해주고, 에미 아프다 그렇게 해줘야 되잖아요. 또 나 없으면 어쩌려고 그래요. 전화도 하고 그래야지, 잘 있느냐고 안부도 물어줘야지. 할머니의 채근에 할아버지는 몇 번을 따라 하다 성가시다면서 다시 자리에 눕습니다. 그런 할아버지가 야속하지만, 그래도 다만 몇 번이라도 애를 써준 게 또 고맙기도 합니다.

더 이상 다그치지 못하고 할아버지 곁에 누운 할머니는 마음이 착

잡합니다. 설마, 설마 하지만 이제 두려운 시간을 생각해야 할 때가 온 것도 사실입니다. 할아버지와 떨어져 지내는 것, 누가 어디로 먼저 가든 함께 있지 못하는 것. 생각도 못 해본 일인데 어떻게 견뎌야 할지 모르겠습니다. 그새 잠이 든 할아버지 곁에서 할머니는 다시 당부를 합니다.

"할아버지요, 나중에 나는요, 할아버지가 없어지면 정말 보고플 거 같아요. 할아버지는 내가 없으면 나 안 보고 싶겠소? 나는 그래서 편지라도 하고 싶어요. 잘 있느냐고, 밥 잘 먹고 행복하느냐고 편지에라도 쓰고 싶어요. 잘 있으니 내 걱정은 마시오, 하는 답장도 받고 싶어요. 이제 와서 글 익히고 숫자 익히는 게 할아버지는 쓸데없는 거지만 나는 참 필요한 일이에요. 내가 정말 필요해서 자꾸 아픈 당신한테 재촉하는 거예요. 미리미리 배워둘 걸 그랬어요. 그렇지요? 그렇다면 지금처럼 뒤늦게 고생 안 해도 될 텐데요. 할아버지, 여보, 우리 지금이라도 배웁시다. 배워가지고 우리 서로 죽었더라도 전화도 하고 그럽시다. 나는요, 당신이 자꾸 아프다고 하니까 죽을까봐 겁이 나서 그래요. 죽으면 어디다 전화해요? 어디다 할까요? 나는 할아버지가 보고 싶은데, 할아버지는 내가 안 보고 싶어요?"

하늘나라에 전화가 없다는 거, 그곳에서 전화를 한다고 받을 수도 없다는 거, 잘 압니다. 그렇지만 그냥 할아버지가 아프니 할머니 마음이 자꾸 그렇게 여려집니다. 심장이 녹은 듯 쪼그라들어 힘이 듭니다. 걱정 말아요, 할머니. 전화를 못 걸고 편지를 쓰지 못하더라도 또 다시 커플 한복 입고 손 꼭 잡고 걸으러 할아버지가 꿈속으로 찾아와 줄 거예요. 울지 말아요.

이별의 여울목에서

할아버지가 많이 아픕니다. 밤마다 거칠게 토하듯 해대는 기침 때문인지 할아버지는 점점 야위어갑니다. 이불 밖으로 나온 가느다란 어깨와 앙상한 손을 보고 속상해진 할머니는 강가로 나왔습니다. 늘 앉던 자리에 앉아 가만히 흐르는 물을 바라봅니다. “희한도 하다, 줄줄 그냥 내려가기만 하네. 한 번도 올라오지 못하고. 인생살이와 똑같네.” 혼잣말이 나옵니다. 아무리 붙잡으려고 해도 세월이 막 달아납니다. 저 물처럼 바람 따라 구름 따라 쉼 없이 흘러갑니다. 물 흐르는 소리가 꼭 손을 흔드는 소리 같습니다.

아직은 이별하고 싶지 않습니다. 그래도 조금 더 이 좋은 세상 손 잡고 다니고 싶습니다. 할아버지가 없다면 산해진미도 꽃구경도 커플 한복도 의미가 없습니다. 몰랐습니다. 바람처럼 저 강물처럼 시간이 흘러가 마지막에 당도할 거라는 걸요. 아무 생각 없이 강물 위를 따라 흐르는 강아지풀처럼 아무것도 모르고 떠내려가며 살았나 봅니다.

"뭐 먹고 싶은 거 없어요? 얘기해봐요."

"없어요. 다 귀찮아."

먹고 싶은 것도 없다며 몸을 뒤척이는 할아버지를 물끄러미 바라보던 할머니는 옆방으로 갑니다. 장롱 문을 열고 먼 곳에 가서 덮으라고 아껴두었던 새 이불을 꺼냅니다. 가서 입으실 깨끗한 옷과 함께 태워 드리려고 했는데 그러지 않기로 했습니다. 포근하고 따뜻한 새 이불을 덮으면 헤어짐의 순간이 올 때까지 이별할 생각이 들지 않을지도 모릅니다. 76년간 서로의 삶을 따뜻하게 덮여줬던 체온이 오래도록 꺼지지 않고 계속될지도 모릅니다. 오래된 낡은 이불을 치우고 새 이불을 덮으니 할아버지가 희미하게 웃는 것도 같습니다.

할머니는 새 이불 속 할아버지 곁에 살며시 누워봅니다. 할아버지가 할머니에게 그랬듯 이번에는 할머니가 할아버지의 볼도 쓰다듬어 보고, 귀도 만져봅니다. 손을 만지고 어깨를 쓸어내리고, 한참 동안 얼굴을 바라봅니다. 처음 함께 누웠던 그날, 청년이 소녀를 바라봤듯 그렇게요.

어둠이 깊어질수록 할아버지 기침이 짙어집니다. 불안한 마음에 할머니도 잠들지 못하고 할아버지 곁을 지킵니다. 별일 없을 거라고 스스로를 다독이고 다독입니다.

"우리 죽어서도 재미나게 삽시다. 죽어서도 서로 싫다고 하지 말고, 먼저 가게 되거들랑 빨리 와서 나 데려가요. 응?"

할아버지는 대답 대신 기침만 합니다. 보청기도 이제 소용이 없는지 귀도 더 어두워진 것 같습니다. 할머니는 불안한 마음을 떨쳐내려는 듯 이야기를 계속합니다. "자식들에게도 손주들에게도 이웃사람들에게도 우리 이제 갑니다, 하고 같이 손 흔들고 가요. 그러니 이렇

게 아프지 말아요"라며 눈물을 훔칩니다. 아무리 말을 해도 할아버지의 기침은 좀처럼 멈추질 않습니다.

언젠가 장터에서 어떤 젊은이에게 호통을 친 기억이 납니다. "할아버지 할머니 보기 좋네요, 오래 사세요"라길래 "여보시오, 젊은이요. 우리처럼 살아봐요. 얼마나 고통스러운지. 그거 날 보고 욕하는 소리래요. 오래 사는 게 뭐 좋은 거요. 건강하세요. 그래야지" 그랬더니 젊은이가 어쩔 줄 몰라 했지요.

지금 생각하면 참 미안한 일이에요. 좋은 마음으로 한 얘기에 늙은이가 괜한 호통을 치고 말았으니까요. 할머니는 할아버지가 할머니와 함께 앓지 않고 저녁 잘 잡숫고 손 꼭 붙잡고 자듯이 떠나길 빕니다.

"할아버지 너무 빨리 가지 말아요. 우리 아직 못 가본 곳도 많고 가고 싶은 곳도 많잖아요. 얼마나 신나요. 예쁘게 차려입고 구경가야지요. 우리가 같이 이렇게 살았으니 그저 어딜 가도 같이 갔으면 좋겠어요. 내가 맨날 기도해요. 하나님 아버지요. 우리를 그저 한날 가게 해주세요. 지금 같아선 할아버지 없으면 난 못 살 것 같아요. 혼자 남겨지는 게 너무나 무섭고 또 너무나 보고 싶어 못 살 거 같아요. 할아버지, 새 이불 덮고 푹 자고 일어나 나랑 다시 재미나게 삽시다. 네?"

먼저 세상을 등지려는 할아버지가 원망스럽고 이렇게 된 세월이 너무 무정합니다. 다른 것은 다 마음대로 되는데, 애를 쓰면 하고 싶은 대로 할 수 있는데 이거는 왜 안 되는지 답이 나오지 않습니다.

아, 훨훨 마음 놓고 떠나 보내줄 자신이 없습니다.

멈춰진 시계

누워 있는 할아버지 곁을 자식들이 번갈아가며 작별인사를 합니다. “사랑해요 아버지, 그동안 감사했어요.” 눈물을 훔치던 할머니도 할아버지 손을 꼭 잡고 사랑한다고 말해줍니다.

“여기 어디야?”

“횡성 병원이에요.”

정신이 혼미하다가도 할아버지는 문득 여기가 어디냐고 물어보곤 했습니다. 위중해진 할아버지를 더 이상 그냥 보고 있을 수 없어서 멀지 않은 병원에 할아버지가 다시 입원을 하고 자식들과 할머니가 함께 지켜보는 날이 계속돼왔습니다. 병문안을 온 사람을 알아보기도 하고, 할머니의 손을 찾아 잡기도 했습니다. 할머니와 살이 닿아야 푹 잘 수 있었던 버릇이 습관처럼 나오는 것 같았습니다. 또 하나, 귀도 열린 듯했습니다. 노인이 된 후 어두워진 귀 때문에 큰 소리를 내야 알아듣던 할아버지였습니다.

자식들이 해주는 보청기도 열심히 끼지 않던, 어두운 귀에 대해 큰 불평 없이 받아들이고 살던 할아버지가 작은 소리에도 기척을 했습니다. 할머니는 할아버지 귀가 열린 모양이라며 신기해했습니다.

몇 년 전 좋은 보청기로 바꾸자고 했을 때 할아버지는 빙그레 웃으며 말했습니다. "늙은이가 귀가 너무 밝아도 못써, 젊은 사람들 말 다 들으려고 하면 안 돼요. 좀 안 들리고 그래야 덜 간섭하지. 괜찮아요." 할아버지가 못 들어 목청만 커진다는 할머니의 성화에도 꿈쩍도 안 하던 할아버지였습니다.

그런데 병상에 누워서는 신기하게 다른 사람들 이야기에 바로바로 반응을 하는 겁니다. 예전부터 "어쩌면 귀가 들리는지도 몰라. 듣고 싶은 것만 듣고, 싫은 건 못 들은 척하는 걸지도 몰라. 하하." 하면서 할머니가 농담 반 진담 반 얘기했는데, 정말 그랬던 걸까요. 아니면 마지막 가는 게 아쉬워 모든 신경을 열어놓은 걸까요. 진실은 할아버지만 아는 것이겠죠. 아무리 귀가 열렸다고 해도 누워 있는 할아버지를 보니 할머니는 마음이 미어집니다. 지난가을 노인대학 소풍 때 나눴던 얘기가 생각납니다.

"죽어도 한은 없지, 근데 싫어요. 아무리 오래 산 사람이라고 해도, 죽기가 싫어. 인간은 죽으면 그만이니까요."

"그럼요, 마음은 똑같잖아요. 마음은 하나도 안 늙어요."

그런데 지금 할아버지를 아무래도 놓칠 것 같습니다. 손을 놓고 영영 떠날 때가 된 것 같아요. 죽기 싫다고 말하던 할아버지가 떠오르자 슬픔이 밀려옵니다. 갑자기 억울하고 화가 납니다. 사람은 어쩌면 저 강가에 풀만도 못한 걸까요. 어째서 한 번 가면 그만인 걸까요. 풀잎은 갔다가도 내년 춘삼월이면 또 오는데. 따뜻한 때가 되면 다시 오는데 사람은 한 번 가면 다시는 못 오다니. 이건 너무 불공평한 게 아닌가

싶어 왈칵 눈물이 쏟아집니다. 할아버지가 풀처럼 내년 봄에 다시 찾아왔으면 좋겠습니다. 아무렇지도 않게, 일 마치고 돌아오던 젊은 날 그때처럼 밭 너머에서부터 달려와 와락 하고 안아주면 좋겠습니다.

"우리 할머니가 나 때문에 고생이 많아요. 애들아, 내가 먼저 하늘 나라 가거든 엄마 고생시키지 말아라. 여보 할머니 때문에 내가 많이 행복했어요."

다큐멘터리 촬영을 하면서 할아버지는 미리 할머니에게 할 마지막 말을 남겨놓았습니다. 그래서인지 눈을 감는 순간에는 편안한 모습이었습니다. 그렇게 할아버지의 시간이 멈추었습니다.

"여보 나한테 잘해줬잖아요. 할아버지가 그래서 고마워요. 나한테 얼마나 잘해줬어. 너무 고마워요. 할아버지가 나한테 뭐든지 잘했잖

아. 날 보고 늘 웃고. 나는 이제 혼자 어떻게 살아요. 여보 나한테 이렇게 잘해줘서 고마워요. 너무 고마워." 인사를 전하던 할머니가 끝내 오열을 터뜨립니다. "나를 두고 이렇게 가면 어떻게 해요. 나는 이제 어떻게 해. 혼자 어찌 살라고 이렇게 먼저 가요. 여보. 일어나봐요."

할머니의 울음소리에도 할아버지는 움직일 생각을 하지 않습니다. 98년 동안 계속됐던, 사랑이란 밥을 먹고 정직하게 움직였던 할아버지의 인생 시계는 정지되었습니다. 어느 늦은 가을에 사랑하는 사람을 남겨둔 채 그렇게요.

거짓말하지 않고 속이지 않고 정직하고 바르게 소중한 사람을 배려하고 아끼고 사랑하며 자신의 날들을 엮은 할아버지. 할아버지는 평범한 인생을 사랑이라는 이름으로 특별하게 만들어냈습니다.

내 님이여

잘 가요.

언제나 다정한 손길로 어루만지던

소중한 내 사랑이여.

©김재송

에필로그

사랑, 사랑, 이다지도 애잔한 사랑가

우리 그때 봅시다
풀잎처럼 다시 피어나
또 한 번 행복하게 살아요

당신이 가고 나는 안 울려고 했어요. 애들이 있잖아요. 애들 걱정할까봐 참으려고 참으려고 했는데 안 되네요. 속이 무너지는 거 같아 참을 수가 없어요. 팔이 떨어져나간 것처럼 허전하고 아파요. 당신이 그렇게 갈 줄 몰랐어요. 떠나던 날 아침에 날 앞에 앉으라더니 내 손을 잡고 손을 흔들어줬지요. 그때까지도 설마, 아닐 거야. 아니었으면 좋겠구나 그랬어요.

"울음을 참을 수가 없어요, 여보. 고마웠어요, 미안해요."

여보 잘 가신 건가요? 그곳에선 기침 안 하고 잘 자고 잘 먹고 그래요? 아프기 전에는 맛있다 맛있다 하면서 밥 한 그릇 뚝딱 했는데 다시 그렇게 맛있게 드시고 있는 거예요? 가서 쓰라고 애들이 넣어준 여비로 고깃국도 사먹고 그랬어요? 거기 있는 애들도 좀 사주고 그러지요. 나도 갈 때는 깨끗하게 해 입고 주머니에 천 원짜리 오백 원짜리 백 원짜리 넣어 가려구요. 할아버지 만날 때까지 심심하면 세어보기도 하고, 가는 길에 맛있는 것도 사먹고, 친구들 만나면 사탕 사서 나눠 먹고 그러려구요. 당신 갔다고 오랫동안 보지 못했던 동생들이 넷이나 왔어요. 오랜만에 만나 옛날 얘기도 하고 그랬어요. 당신이 함께 있었으면 참 좋았을 텐데 싶어서 또 눈물이 나왔어요. 동생들 말고도 군수님 이웃들 친척들이 많이 다녀갔어요. 할아버지가 평생 잘 하고 살아서 그렇게 마지막 인사를 하러 왔나봐요.

"굶지 말고 잘 찾아 드셔야 해요. 건강한 모습으로 봅시다."

할아버지가 저 세상에 가서 입을 옷과 신발을 골라 재만 남도록 깨끗하게 다 태웠어요. 티끌 하나 안 남게 태우면 망자가 잘 가지고 가서 입는대요.

모두 잘 받으셨는지 모르겠어요. 손수건 봤어요? 내가 없더라도 손수건 깨끗하게 챙겨가지고 다녀요. 여기서는 내가 챙겨줬지만 혼자니까 잘 챙겨야 해요. 옷도 위 아래 한 벌씩 맞춰서 잘 입어야 해요. 바꿔 입지 말고요. 살아서 나랑 약속했죠? 옷 제대로 챙겨 입기로. 밥 굶지 말고 잘 찾아 잡숫고, 옷도 깨끗하게 입고 그래요. 난닝구는 날 따뜻해지면 입기 시작하구요, 여름에는 더우니까 반바지 입어요. 파자마 넣었어요. 여보 우리 예쁘게 한복 입고 길에 나서면 사람들이 보기 좋다고 인사하고 그랬잖아요. 우리 거기서 만나서 또 예쁘게 입고 길 나섭시다. 그때 만나면 내가 다시 할아버지 예쁘게 챙겨드릴게요.

할아버지 사실은요, 내가 먼저 가고 싶었어요. 어른들이 그러잖아요. 먼저 가는 사람이 복 받은 거라고. 할아버지 수발 들면서 차라리

내가 먼저 갔으면 하는 생각도 했어요. 그런데요, 지나고 보니까 할아버지가 먼저 가길 다행이에요. 이렇게 내가 다 챙겨줄 수 있어서 얼마나 다행인지 몰라요.

"옷 예쁘게 챙겨 입어요. 곧 만나 또 똑같이 입고 걸어요."

여보 할아버지, 내가 4월 달에 갈게요. 꽃도 피고 잎도 피고 그러면 꽃도 꺾고 잎도 뜯어서 입에 물고 머리에 꽂고 갈게요. 그때 마중 나와요, 꼭. 나 보고 싶어도 참아요. 나도 할아버지 보고 싶어도 참을 거예요. 꽃 필 때까지 잘 참았다가 할아버지 찾아갈게요. 내 걱정은 조금도 하지 말고 거기서 우리 애들 만나 잘 지내고 있어요. 우리 아이들 만나거든 꼭 옷 한 벌씩 입혀줘요. 그 전에 나하고 약속했잖아요. 할아버지 먼저 가시면 할아버지가 가져가고, 내가 먼저 가면 내가 가져가서 아이들 입혀주기로 했던 거 기억나지요? 위에 옷 하나, 밑에 옷 하나 꼭 잊지 말고 입혀줘요. 나, 할아버지만 믿을게요.

당신이 없으니 텅 빈 집에 혼자 살 수도 없고 그러니 이제 난 집도 없어요. 내가 안 가는 것 같거든 나 얼른 데려가요. 날 따뜻하고 꽃 피고 잎 피면 데려가요. 응? 약속해요. 꼭 약속합시다. 나도 보고 싶은 마음 잘 참고 있을게요.

"내 걱정은 하지 말아요. 잘 견디고 잘 참을게요. 곧 만나요, 우리."

당신이 가고 긴 겨울이 왔어요. 당신 산소에 눈이 쌓이고, 강물도 얼었지요. 오랜만에 강가에 나가 앉았는데 바람이 숭숭 지나는 게 할아버지 생각에 그만 또 울고 말았어요. 살아 계실 때 내 왼쪽에 앉아서 강물 보며 이런 말 했었죠. "아, 할머니 저 고기 좀 보소. 우리가 이렇게 좋은 데 살잖는가. 우리가 이렇게 좋은 데 사는 걸 다른 이들은 몰라. 할머니도 좋지요? 고기도 보고 얼마나 좋아요. 놀러 오는 사람들 구경도 하고. 우리 사는 데가 나는 참 좋네." 가만히 앉아 둘러보니, 할아버지 지금 있는 곳도 그렇고 우리 집도 그렇고 참 좋은 곳이네요. 산이 병풍처럼 둘러진 게 강물도 좋고 다 좋으네요. 그런데 나는요 할아버지가 있어서 더 좋았어요. 할아버지도 그랬나요? 할아버지, 보고 싶소. 내 할아버지랑 다닐 때는 세상천지 부러운 게 아무것도 없었는데 이제 나는 어딜 가도 허당이에요. 이제 곧 다시 만납시다. 어서 다시 만나 우리 눈싸움도 하고 물장구도 치고 놉시다. 그렇게 또 행복하게 살아요.

"꽃도 꺾고 잎도 따고 할아버지 봄 구경 실컷 시켜드릴게요.

당신에게 사랑받아서 내 인생은 아주 최고였어요.

사랑해요, 할아버지. 고마워요, 곧 다시 봅시다."

대담

사랑에 대한 깊고 따뜻한 시선

신형철 조선대 문예창작학과 교수 및 문학평론가

진모영 〈님아, 그 강을 건너지 마오〉 감독

신형철 교수 (이하 줄임)

이 영화와 관련해서는 좋은 일이 참 많으셨지요. 이참에 한꺼번에 축하드립니다. 오늘 처음 뵙게 되었지만, 사실 감독님을 더 빨리 만날 뻔한 기회가 있었지요. 〈님아, 그 강을 건너지 마오〉(이하 줄임) 관객과의 대화 자리에 초대를 받았었는데, 문학평론가가 영화 관련 행사에 끼는 건 주제넘는 일이라 생각하여 대부분 사양하는 터라, 그때도 정중히 사양했더랬지요. 기회가 되면 글을 써보겠노라고 했는데, 이번에 이렇게 대담의 형식으로 뵙게 되었습니다. 〈님아〉의 엔딩 크레딧에 제 이름을 올리셨다는 이야기를 전해 듣고 어리둥절했는데, 확인해보니 황송하게도 정말로 있더군요.(웃음)

진모영 감독 (이하 줄임)

제가 교수님께서 쓰신 영화 〈아무르〉 평론을 정말 감동 깊게 읽었습니다. 그래서 그렇게 넣게 되었습니다. 공순이와 꼬마가 크레딧에 들어갔듯, 영화를 만드는 데 영감을 준 분에게 그렇게 표현하고 싶었습니다. 저는 영화를 오랫동안 만들면서 살았던 사람은 아닙니다. 방송에서 교양 프로그램과 다큐멘터리 작업을 주로 했습니다. 97년에 KBS에서 FD로 방송일을 배웠고 좋은 선배와 함께 프로덕션을 차려서 프로그램을 만들어왔습니다. 10분짜리 프로그램에서 시작해서 프로덕션의 작업 영역을 확장해가며 일을 했습니다. 하지만 대부분 회사를 책임져야 하는 관리자의 역할이 많았고 창작자 본연의 삶은 아닌 것 같다는 생각이 들어서 만 9년을 일하고 퇴사했습니다. 2011년 가을에 일을 그만두고 나와서 영화 만드는 일을 시작했습니다. 그러다가 〈인간극장〉의 이 두 분을 보고 운명 같다는 생각이 들었고 2012년 가을부터 촬영을 결심했습니다. 두 노인들이 사랑한 뒤에 어쩌면 다가올 죽음의 과정도 '차가운 응시'로 그대로 지켜보자라는 생각이 들었습니다. 끝까지 응시해보자, 그리고 끝까지 가보자 이렇게 초점을 맞추었습니다.

늙음이라는 것은 사람을 참혹하게 만들어버립니다. 마음은 똑같은데 세월이 사람을 허물어지게 만듭니다. 할머니가 이런 말씀을 하셨습니다. "사람 마음은 한 가지다. 그 마음은 바뀌지 않고, 오래 살고 싶다는 마음도 변하지 않는다. 그런 것들은 전혀 바뀌지 않는데 세월과 인생은 흐른다." 그런 생각을 가지고 영화를 만들었습니다. 변하지 않는 마음에 도둑처럼 찾아든 다른 요소가 변하게 만드는 것. 그렇지만 변하지 않는 무언가를 말하고 싶었습니다.

신

할아버지의 죽음을 지켜보는 일이 쉽지 않으셨을 것 같습니다. 슬퍼하는 할머니를 지켜보는 일이 어쩌면 더 그랬을지도 모르겠네요.

진

영화에 담지 않았지만 할머니는 할아버지의 연명치료 같은 것에 큰 의미를 두지 않았습니다. 고통을 연장하는 것보다 편안히 보내드리는 것이 좋겠다는 생각이셨어요.

신

사실 이 영화가 한참 화제가 되던 때에는 이 영화를 보지 못했고 그 뒤에도 한동안은 보지 못했습니다. 솔직히 말씀드리면 안 보고 싶은 마음도 조금은 있었습니다. 제가 유독 노인분들이 주인공으로 나오는 영화를 잘 못 봅니다. 제가 무슨 대단한 휴머니스트여서가 아니라 유독 노인에게 약해요. 미美적으로 아름답지 않다고 생각해서 그러는 것은 아니고, 묘하게 불편한 기분을 느낀 적이 많아서였던 것 같습니다.

두 가지 측면에서 그렇습니다. 노인을 밝은 톤으로 그릴 때는 노인이 희화화되는 경우가 많더군요. 주변에서도 노인을 아이 대하듯 하는 사람들을 더러 봅니다. 보살피는 것처럼 보이지만 사실은 함부로 대하는 것입니다. 또 반대로 노인을 어두운 분위기로 그릴 때는 무방비 상태에 있는 사람에게 고통을 주는 상황처럼 보여서 마음이 아파 힘듭니다. 노인이 병에 걸려 신음하는 모습이라든지 쪽방촌 노인을 다룬 시사고발 프로그램 같은 건 곧바로 채널을 돌려버릴 정도예요. 아이가 고통을 당하는 것을 보기 힘들다는 사람이 있는데 저는 오히려 노인의 고통을 바라보기가 더 힘든 걸 보면 사람마다 다른 것 같습니다.

그래서 이 영화를 보는 데에도 용기가 필요했습니다.(웃음) 막상 보니 괜한 걱정을 했다 싶더군요. 감독님은 '차가운 응시'라는 표현을 언급했지만, 제가 느낀 이 영화의 온도는 아주 적당했습니다. 노인이 아이처럼 희화화돼 있지도 않았고 고통스러운 눈물을 강요하는 영화도 아니었어요.

저는 다큐멘터리라는 장르에 대해 평소 궁금한 것이 있었습니다. 촬영한 분량이 400시간이라고 들었는데 최종 상영시간은 90분입니다. 이 정도의 축소라면 당연히 편집 과정에서 감독의 의도에 따라 취사선택이 이루어질 테니, 사실상 내러티브를 '부여'하는 작업이라고 해도 과언이 아닐 것 같습니다. 책으로 치면 논픽션과 픽션의 경계에 애매하게 걸쳐지는 것이죠. 만드는 분의 입장에서는 어떤 생각을 갖고 계신지요.

진

다큐멘터리는 진경산수화 같은 것이 아닐까,라는 생각이 듭니다. 그것과 대비되는 것이라면 실경산수화일 텐데요. 정선의 〈인왕제색도〉는 그가 인왕산 아래 오래 살면서 늘 바라보던 곳이 비가 그친 어느 날, 맑은 색으로 펼쳐지게 된 풍광을 담아냈습니다. 김형택 화가의 펜화처럼 완벽하게 묘사를 하는 것이 아니라 조선의 실제 자연을 자기 마음의 이미지로 재해석해낸 것이죠. 그 지점이 어쩌면 다큐멘터리가 진경산수화와 닮은 지점이라고 생각합니다.

다큐멘터리는 CCTV와는 분명 다릅니다. 다큐멘터리가 CCTV이기를 바라는 사람들도 많습니다. 하지만 다큐멘터리는 다큐멘터리스트가 만들어내는 예술의 세계라고 생각합니다. 그건 실경이 아니라 예술가의 재해석을 통해 풀어내는 세계입니다. 작품인 것이죠. 똑같은 400시간 원본 필름을 여러 명의 편집자에게 주었을 때 똑같은 영상이나 똑같은 해석이 나올 수는 없습니다. 할아버지 할머니의 이야기를 다룰 때도 사랑과 함께 그것을 어떤 식의 이야기로 펼칠 것인가는 백인백색으로 나올 것입니다. 논쟁이 될 수 있는 이야기겠지만 다큐멘터리는 결국은 재해석이 가능한 판타지라고 생각합니다. 모든 이미지는 판타지와 스토리를 위한 것입니다. 그래서 CCTV와는 다른 예술의 세계입니다.

신

카메라가 돌아가는 순간부터 이미 사실에 대한 해석이 시작되는 것이군요.

진

인물들이 서로 혹은 촬영팀과 화학 작용을 일으키고 카메라를 가까이 대거나 멀리 대거나 하는 이런 모든 행동이 연출이지요. 카메라의 앵글이나 워킹뿐만 아니라. 또 편집 과정에서도 새로운 발견과 해석이 생겨날 수 있습니다.

신

사실들 속에 잠재돼 있는 여러 이야기들 중에 결국 하나를 선택하는 것이라고 말할 수도 있겠네요.

진

어느 누군가는 할아버지 할머니 이야기를 명랑운동회로 풀 수도 있고, 차가운 이야기로도 만들 수 있을 것입니다. 그분들을 통해서 저는 이렇게 해석했고, 이것은 '옳다, 그르다'의 개념으로 파악할 것은 아닐 듯합니다.

신

여러 이야기 중에서 감독님으로서는 최선의 버전을 선택했을 것 같습니다. 두 번째 버전에 대해서는 생각해본 적이 있으세요?

진

다른 분도 비슷한 질문을 하셨는데요. 왜 미련이 없겠습니까? 영화에서 못 쓴 것, 남은 것도 있지만 그것을 끄집어내서 쓰는 것에 대해서는 생각하지 않습니다. 마지막까지 고민하지만 선택한 후에는 잊어

버립니다. 영화의 개봉 이후에 관객에게 도달한 순간부터는 그런 고민은 큰 의미가 없는 것 같습니다. 버리고 취하는 과정 중에서 고통의 과정도 있을 것입니다. 하지만 선택한 후에는 아, 잊고 싶다 하고 망각하고 싶은 마음이 큽니다.

신

영화의 제목은 다들 아시다시피 〈공무도하가〉에서 온 것인데요, 언제 결정하셨나요?

진

제가 학력고사 세대입니다. 암기 위주의 그 세대에게 익숙한 우리나라 최고의 서정가요인 〈공무도하가〉의 네 줄을 떠올렸습니다. 정확하게 모두 외우고 있었던 것은 아니고 이 영화의 제목을 짓고 나서 〈공무도하가〉를 찾아보았습니다.

公無渡河(공무도하) 님이여, 물을 건너지 마오

公竟渡河(공경도하) 님은 기어이 물을 건너시다

墮河而死(타하이사) 물에 빠져 죽으니

當奈公何(당내공하) 이제 님을 어찌할거나

'님아, 그 강을 건너지 마오'는 제 머릿속에 항상 또렷하게 남아 있었습니다. 이상은 씨의 노래 〈공무도하가〉를 들어본 적도 없고, 김훈 작가의 소설 『공무도하』를 읽지도 않았습니다. 할아버지가 나무를 하러 가실 때 할머니가 할아버지에게 붙은 벌레를 떼주는 모습이 동화적인 세계처럼 보여서 '선녀와 나무꾼' 같은 훨씬 동화적인 제목도 고민했습니다. 그런데 이상하게도 '공무도하가'라는 말이 머릿속에 떠나지 않았습니다. 하지만 이 말은 한문으로 되어 있어서 머릿속에서 해석의 과정을 거쳐야 하고 우리 마음에 직관적으로 다가오게 하기 위해서는 한글이 더 좋다고 생각했습니다. 그것은 어떤 울림이 있는 말 같았습니다. '공무도하가'를 생각하면서 '그 강을 건너지 마오'라는 뜻이 아닐까 했는데 정확한 내용을 나중에 찾아보니 '그 물을 건너지 마오'라고 되어 있었어요. 주변에서 제목이 긴 것 같다고 '님아'로 하자거나 '공무도하가'로 바꾸기를 권하거나 요청했는데 이상하게도 이 제목은 바꾸고 싶지 않았습니다. 이것으로 하고 싶다는 생각이 있었습니다.

신

영화의 구조를 분석해보면 두 분의 행복한 시간을 보여주는 것이 초반 30분이고, 동네 어른들과 꽃놀이를 다녀오는 장면을 기점으로 할아버지의 기침이 시작되면서, 뒤에 이어지는 나머지 60분은 온전히 죽음의 이야기입니다. '삶에서 죽음으로' 점차 건너가는 구조라고 할까요. 앞의 30분은 뒤의 60분을 잘 말하기 위해 필요했던 대목이고, 결국 이 영화는 '어떻게 님을 떠나보낼 것인가', '어떻게 잘 헤어져야 하는가'를 말하는 영화로 보였습니다. 그래서 제목에 대해 여쭤본 것이었습니다.

진

영화를 만들 때 뒷부분에 대한 고민은 많지 않았습니다. 앞부분을 편집할 때 품이 많이 들었어요. 할머니가 사랑하는 사람을 떠나보낼 때의 공감대를 형성하려면 참 좋았던 남편, 할머니가 그렇게 떠나보내고 싶지 않은 남편이었다는 것을 관객들과 공유해야 하는데 이것이 큰 숙제였습니다. 할아버지는 유쾌하고 유머러스하지만 할머니가 무릎이라도 아프면 얼른 허리를 굽혀 온기를 채워주고, 몸이 사그라들어 말하기가 힘들면 노래라도 불러주면서 할머니에게 사랑을 표현합니다. 이 두 분의 사랑이 충분히 표현되어야 뒤에 나올 이별이 사람들에게 큰 공감을 일으키고 사랑의 진가에 대해 고민하게 만드니까 어떻게 제대로 전달할 수 있을까에 대한 생각이 많았습니다. 교수님께서 쓰신 영화 〈라이프 오브 파이〉에 대한 평론에서 파이의 캐릭터를 구축하는 영화 앞부분에 대한 내용과 일치하는 것이지요.

신

삶에 할애한 30분은 긴 시간은 아니기 때문에, 그 30분 동안 두 분의 캐릭터를 사실에 가깝게 잘 구축하기 위해서는 신중한 취사선택이 필요했을 것 같습니다. 그런데 영화 초반부에 서로 꽃을 달아주는 장면이라든지 화장실 앞에서 기다려주는 장면 같은 것에서는 두 분이 카메라를 좀 의식하고 있구나 하는 느낌도 들더군요.

진

저 역시 그렇게 생각했습니다. 초반에는 어색한 것이 좀 있지요. 처음 촬영할 때는 촬영 기법도 다릅니다. 처음에는 카메라를 가까이 붙여서 두 분을 찍었습니다. 물장난하는 장면, 화장실 장면, 낙엽 장면은 특히 그렇습니다. 돌멩이를 냇물에 던지다가 혹은 할아버지가 물을 막 뿌리다가 카메라를 돌아본다거나 하지요. 후반부로 갈수록 카메라를 멀리서 찍었습니다. 10미터, 15미터 떨어진 거리에서도 그냥 찍고, 밖에서 식사하는 장면도 문 밖에 서서 문을 통해 찍고 그랬습니다.

우린 투명인간이라고 말씀드렸는데, 할아버지는 그런 당부를 별로 신경쓰지 않으셨어요. 할아버지는 카메라를 쓱 쳐다보고 가시곤 했는데 그럴 땐 혹시 시켰다는 인상을 주는 것은 아닐까 하는 자기검열, 강박도 있었습니다. 어쩌면 할아버지에게 완벽한 연기자처럼 하기를 바라는 마음도 있었을 것입니다. 하지만 다큐멘터리이기에 피할 수 없는 장면들이었습니다. 할아버지가 연출할 수 없고, 또 그렇게 할 수도 없는 세계입니다.

신

처음에는 카메라를 가까이 놓고 찍다가 점점 멀리 떨어지기 시작했는데 오히려 두 분의 내면 속으로는 점점 더 깊숙이 들어가게 된 것이군요.

진

처음에는 훨씬 더 많은 컷을 확보해야 된다는 강박이 있었습니다. 하지만 시간이 지나면서 보니, 설명하는 샷이 없어도 해석은 가능하다는 것을 알았습니다. 대표적인 장면이 자녀들이 싸우는 장면이었습니다. 아마 TV였다면 그 전과 후를 장황하게 열심히 설명했을 것입니다. 편집하면서 스태프끼리 자연스럽게 답에 도달했지요. "관객들을 우습게 보지 마라. 상업영화, 극영화를 봐라. 엄청난 압축과 비약을 해도 그 과정을 모두 해석해내고 그 속에서 재미를 얻지 않느냐. 그렇게 툭 하고 보여줘도 모든 집에 다 있는 이야기일 것이라고 생각하고 바로 이해한다."라는 결론이었습니다.

그런 다음에는 설명을 위해서 배치했던 시퀀스를 많이 걷어냈습니다. 많은 시퀀스를 주지 않아도 충분히 전달이 될 수 있다는 확신이 든 것이죠. 다큐멘터리에서도 스토리텔링은 중요합니다. 해외에서는 캐릭터라든지 전개 과정을 매우 중요하게 생각합니다. 기승전결의 구조들이 우리 영화에서도 나올 수 있을까가 고민이었습니다. 그래야만이 스토리와 어우러져 메시지가 전달될 수 있으니까요. 다큐멘터리 장르는 딱딱하거나 재미없거나 지루하다는 고정관념이 있는데 이 작업을 할 때는 그것을 뛰어넘고 싶은 마음이 있었습니다. 메시지와 형식만 강조하는 것은 의미가 없습니다. 메시지가 녹아 있는 이야기에 푹 빠져서 보고 나면 자연스럽게 메시지가 전해지고 어떤 것이 누군가의 마음을 건드리는 것이 있다면 충분하다고 생각했습니다. 다큐니 깐 넌 이걸 알아야 한다고 강요하고 싶지 않았습니다.

신

이 영화에는 기승전결 구조가 잘 갖춰져 있습니다. 아까 말씀드린 대로 두 분의 행복한 모습을 보여주는 초반 30분이 바로 '기'에 해당되지요. 저는 뒷부분에서도 많은 것을 배웠지만 이 앞부분에서도 배운 것이 매우 많습니다. 부부가 어떻게 서로를 아끼고 사랑해야 하는가에 대해서 말입니다.

최근에 『연애와 결혼의 과학』이라는 제목의 책을 본 적이 있습니다. 사실 제목에 혹해서 샀는데 기대에 미치지 못하더군요. 책의 마지막에 '행복한 결혼 생활에 대한 7가지 교훈'이라는 식으로 책 전체의 내용을 요약한 대목이 있습니다. '배우자가 당신을 행복하게 해줄 것이라는 기대를 하지 마라' 등등 여러 지침이 나옵니다. 하지만 여기 나오는 지침보다 이 두 분이 더 뛰어난 노하우를 갖고 있다고 생각했습니다. 두 분을 보면서 '바람직한 결혼 생활을 위한 팁'이 무얼까 나름대로 한번 정리해봤어요.

첫 번째는 '호칭'입니다. 두 분은 상대방을 '할아버지'와 '할머니'라고 호칭합니다. 차라리 다른 노부부들처럼 '영감' 혹은 '할망구'라고 하면 그런가보다 할 텐데, 이 두 분의 호칭은 좀 생소했습니다. 그러다 다시 생각해보니 그 호칭에는 상대방에 대한 공경의 마음이 담겨 있는 거더군요. 부부라는 이유로 함부로 대하지 않고, 다른 집의 할아버지와 할머니를 '할아버지'와 '할머니'라 부르며 공경하듯이, 그렇게 서로를 대하는 태도 같은 것이죠.

두 번째는 '노력'입니다. 더 정확히 말하면 '노력을 위한 노력'이라고 할까요. 할머니의 말씀 중에 "요새 우리 할아버지가 말을 너무 안 한다. 할 말이 없어 말을 안 하는 것이라면 노래라도 해라."라는 것이 있었습니다. 그러자 할아버지가 정말 노래를 하시죠. 멋진 장면이었어요. 말의 내용이 중요한 게 아니라 말을 하려는 의지가 중요하다는 것입니다. 당신이 내게 중요한 사람이라는 것은, 당신에게 내가 언제나 할 말이 있다는 뜻이 아니라, 당신에게는 언제나 무슨 말이건 하고 싶어진다, 라는 뜻이니까요.

세 번째는 '질문'이에요. 위의 '노력'과 연결되는 것인데, 할머니가 질문으로 대화를 주도하는 능력이 뛰어나세요. 할미새가 우는 것을 보는 장면이 있죠. 할머니께서 새를 보고 "참 예쁘다"라고 말씀하십니다. 거기서 끝나버리고 말 수도 있는데, 굳이 할아버지에게 '다시 태어나면 어떤 새로 태어나고 싶은가' 하고 질문을 던지십니다. 질문을 던져야 답이 나오고 결국 대화가 발생하는 것이라는 사실을 새삼스럽게 깨달았어요. 소중한 사람에게는 질문을 많이 해야 합니다.

네 번째는 '긍정적 평가'입니다. 칭찬을 많이 해주는 것이지요. 두 분이 상대방의 머리에 꽃을 꽂아줄 때 '멋있다', '인물이 훤하다'와 같은 거의 엇비슷한 칭찬을 몇 번이나 반복합니다. 처음에는 뭘 저렇게 계속 반복하시나 했는데, 그게 참 의미 있는 반복이구나 하는 생각을 뒤늦게 했습니다. 그 반복 속에서 전달되는 것은 그 말의 내용만은 아니니까요.

다섯 번째는 '스킨십'인데요, 뭐 특별한 건 아니지요. 하지만 '아직도 아내의 살이 닿지 않으면 잠을 잘 수가 없다'라는 대사는 인상적인 것이었습니다. 비가 내리는 날 낮잠을 주무시는 장면에서 두 분의 다리가 엉켜 있는 장면을 감독님이 유심히 찍어 보여준 것도 그런 맥락이라고 이해했습니다.

감독님은 두 분을 찍으면서 저렇게 살아야겠다 하는 깨달음을 얻은 순간들이 있었습니까?

진

그렇죠. 여럿 있었습니다. 늘 두 분은 손을 잡고 계십니다. 손을 이렇게도 잡고 저렇게도 잡고 한시도 손을 가만두지 않습니다. 근데 그러한 것들이 서로에 대한 언어로 여겨졌습니다. 손녀가 이런 말을 했습니다. 할머니 할아버지 집에 놀러 가서 자게 되면 손녀손자들이 그렇게 많아도 중간에 아이를 두는 법이 없이, 두 분이 항상 나란히 누워 계신다고요. 할머니 할아버지에게 인생에서 가장 큰 관심사는 바로 두 사람입니다. 바로 현재를 살아가는 두 사람인 것이죠. 두 사람에게서 좋은 에너지가 나오지 않으면 결코 가족들에게 좋은 에너지가 전해질 수가 없습니다.

또 밥상 부분이 정말 와 닿았습니다. 제가 식탁에서 싫은 소리를 하다가 아차 하고 알아차립니다. 할아버지가 할 때는 쉽게 따라할 수 있을 거라 생각했는데 이것 참 실천하기 힘들구나 싶었습니다. 그래서 할머니에게 재차 물어보았습니다. 한 번쯤은 뭐라고 밥상타박을 하지 않았어요? 그런데 단 한 번도 그렇게 이야기한 적이 없다고 하십니다. 에이, 한 번은 맛없다고 하지 않았어요? 결단코 단 한 번도 없다고 하십니다. 그런데 저 역시도 촬영하는 긴 시간 동안 단 한 번도 본 적이 없습니다. 할아버지는 항상 그러십니다. 밥을 드시고 믹스커피까지 한 잔 하시고 나서 "아, 잘 먹었다. 잘 먹었어요. 할머니." 이렇게요. 너무 단순한 이야기인데도 저에게는 인상적이었습니다. 저는 아닌 줄 알면서도 꼭 싫은 소리를 해서 점수를 까먹으니까요. 어쩌면 할아버지는 처세술의 달인일지도 모르겠습니다.(웃음) 그것은 정말 배워야 한다고 생각했습니다.

신

기승전결 중에서 '기'에 해당하는 30분이 지나가면 할아버지가 기침을 하시면서 병색을 드러내고 영화의 분위기가 바뀝니다. 할아버지의 정확한 병명은 무엇인지요?

진

노환이라고 말합니다. 완전한 진단명을 받아야 할 이유가 없었습니다. 병원에서나 가족들이나 할아버지 연세에 의학적 치료를 통해 고통스럽게 삶을 연장하는 것이 과연 옳으냐에 대한 의문이 있었고요. 할아버지가 수술을 해야 할지, 나빠지지 않게 하는 정도의 치료만 할지에 대한 논의도 있었습니다.

신

그렇군요. '승'의 단계에 이르면 두 분의 웃음이 거의 사라집니다. 그 무렵 이런 장면이 나오죠. 할아버지가 기침을 하시다가 잠이 들고 안절부절 못하던 할머니도 그 곁에서 잠이 드시는데요. 그때 잠든 줄 알았던 할아버지가 잠깐 눈을 뜨시더니 잠든 할머니를 쳐다보시면서 할머니 얼굴을 쓰다듬는 장면입니다. 제가 이 영화를 보다가 처음으로 울컥했던 장면이기도 합니다. 그 순간 할아버지는 과연 어떤 생각을 하셨을까요. 여러 생각을 하게 만드는 장면이었습니다. 그런 의미에서 상징적인, 그래서 좋은 장면입니다.

바로 뒤를 이어 할머니가 옛날을 회고하십니다. "열네 살에 할아버지가 왔다." '만났다'가 아니라 '왔다'여서 저는 참 좋았습니다. 할아버지께서 곧 '가실' 것 같은 상황이니까요. 그렇게 '오고 가는' 것이죠. 이 장면에서부터 할머니는 할아버지를 떠나보낼 마음의 준비를 하시는 거라고 생각했습니다.

지금까지 이런 내용의 영화가 없었던 것은 아닙니다. 하지만 기존의 서양 영화들과 뭔가 다른 것이 있다고 생각해요. 그것은 할머니가 할아버지를 떠나보낼 준비를 하며 하시는 일들입니다. 아이들의 내복을 사러 가는 장면이 있죠. 처음에는 당연히 증손자, 증손녀에게 선물하시려나 보다 했는데 아니었습니다. 바로 오래전에 가슴속에 묻은 죽은 자녀들을 위한 것이었죠. 할아버지가 그 옷들을 죽은 자녀들에게 갖다주면 좋겠다는 취지입니다.

이런 발상은 놀랍습니다. 할머니의 이런 행동은 그야말로 '상징적인' 행위입니다. 인간의 특별함이자 위대함이 여기에 있죠. 실용적인 가치는 없지만 상징적인 가치가 있는 행위를 할 수 있다는 것 말입니다. 할머니는 상징적 의례 혹은 제의의 가치를 아는 분입니다.

제가 언젠가 이병률 시인의 시집을 해설하는 글에 '이렇게 헤어짐을 짓는다'라는 제목을 붙이면서 '이별'과 '작별'을 구분해본 적이 있습니다. 이별離別이 갑작스럽게 닥쳐 나를 바꿔놓는 일종의 '사건'이라면, 작별作別은 '헤어짐을 짓는' 행위, 즉 일종의 '의식儀式' 같은 것입니다. 두 분의 헤어짐은 이별이 아니라 작별인데, 할머니가 사려 깊게 행하는 의식이 바로 그렇게 만드는 것이지요. 나중에 나옵니다만 할아버지의 옷을 태우는 장면이 인상적인 것도 바로 그런 맥락에서입니다.

상징적인 장면을 찾아보자면 더 있겠습니다만, 할아버지가 거울을 다시 달기 위해 애를 쓰는 장면도 그랬습니다. 감독도 자기 영화의 해석자 중 한 사람이라고 생각하는데, 감독님은 그 장면을 어떻게 해석하시는지요?

진

아주 건강했던 남자가 쓰러져서 힘을 잃고 쓰러지는 것에 대해서는 관객들이 이해할 수 있는 단계적 내용이 있어야 했습니다. 거울 장면에서는 할아버지의 물리적인 힘이 소멸하는 것을 말합니다. 작년 가을만 해도 달 수 있었던 것이 이젠 힘이 없어 걸 수가 없습니다.

두 번째로는 내가 내 힘으로 가정을 일구고 아이를 낳고 일을 해서 밥을 먹여 가족을 건사했는데, 이제는 아무도 자신의 명령을 받아들이지 않는 것이지요. 가부장으로서의 힘이 소멸하는 느낌을 표현하고 싶었습니다. 마지막에 꼬마를 보여주는 것도 그런 상징을 말하고 싶었습니다. 앞으로 나올 할아버지의 쇠한 모습과 죽음에 대한 상징이고 복선이지요.

신

그리고 제가 두 번째로 울컥했던 장면이 나옵니다. 병원에서도 별다른 치료가 필요 없다는 진단이 내려지고 이 소식을 들은 자녀분들이 잇달아 방문합니다. 아들들의 우는 모습이 나오고 막내딸이 우는 장면이 나오는데요, 저는 유독 '아빠 죽지 마' 하며 어린애처럼 우는 막내딸의 모습에서 덩달아 눈물이 났어요. 아들들의 눈물은 아버지에게 더 잘하지 못했다는 사실에 대한 회한의 눈물로 보였어요. 혹은 조금 더 냉정하게 말하자면, 앞으로 느끼게 될지도 모를 죄책감을 미리 최대한 정리하고 싶다는 다급함의 눈물이기도 했을지 모릅니다. 아마 저도 언젠가는 그런 눈물을 흘리겠지요. 그런데 막내딸의 눈물은 그냥 순수하게 느껴졌습니다. 우리 아빠가 죽다니, 아빠는 죽으면 안 돼, 그냥 그런 마음만의 눈물이라고 할까요.

진

이런 이야기도 많이 들었습니다. 남자들은 아들들의 모습을 자신으로 받아들였다고요. 잘 하겠다는 것이 아니라 지금껏 못하고 산 자신의 모습을 거기서 봤다고 합니다. 평소에 다들 부모님께 못하고 사니깐요. 남자들은 그 장면에서 우는 사람도 많았다고 하더라고요. 자식들 싸우는 장면이 나올 때 '나도 그래, 우리 집도 그래.' 이런 마음이 있죠.

신

그리고 이제 할머니가 옷을 태우는 장면이 나옵니다. 죽은 후에 옷을 태워야, 저승 갈 때 갖고 가신다는 것이지요. 아까 말씀드린 대로 상징적 제의를 행하는 모습입니다. 여기서 하시는 말씀이, 무슨 각본이 있는 것도 아닌데, 누가 일부러 쓰라고 해도 쓰기 어려울 뭉클한 말씀이에요. "이것을 다 태워야 하는데, 이것을 한꺼번에 다 태우면 무거워서 어떻게 갖고 가나. 그러니 조금씩 나눠서 태워야지. 여보, 내가 곧 따라갈 텐데 혹시라도 내가 못 따라가면 날 데리러 오시오."

진

누군가는 할머니의 대사를 문어체라고 하더라고요.

신

문어체 대사는 대개 부자연스러워서 감정을 차단할 텐데 할머니의 말씀은 그렇지 않더군요. 오히려 평범한 구어체 문장들이었으면 진부하게 느껴졌을지도 모르겠습니다. 영화가 3분의2 지점을 넘어가면 마치 기승전결의 '전'처럼 잠깐 밝은 느낌의 장면이 나옵니다. 두 분이 키우는 개 '공순이'가 출산을 하죠. 할아버지가 떠날 준비를 하는데 공순이는 새끼들을 낳습니다. 가야 할 생명은 가고, 와야 할 생명은 오고…… 그런 느낌입니다. 그리고 그 뒤에 할아버지가 의자에 앉아 계시는 장면이 나오는데요, 앞에 나왔던 '거울'과 짝을 이룬다고 할 만합니다. 할아버지가 앉은 그 의자에 이제 곧 할머니가 앉으시겠지요. 순리順理를 의미하는 담담한 상징이라고 읽었습니다.

그리고 이제 다시 병원 장면이 나오면서 '결'의 단계가 시작됩니다. 거기서 할머니가 하시는 말씀이 할아버지가 '석 달만 더 살았으면 좋겠다'라는 것입니다. '삼 년'도 아니고 '삼 일'도 아니고 '석 달'입니다. 할머니가 같이 갈 준비를 할 수 있는 기간이 딱 그 정도라는 것이죠. 놀랍게도 두 분에게서는 삶에 대한 질긴 미련 같은 것이 느껴지지 않습니다. 우리가 흔히 하는 말로 '여한이 없다'라는 느낌이었어요. 단지 충분히 오래 사셨기 때문이 아니라, 서로에게 줄 수 있는 사랑을 다 주었기 때문이구나 하는 생각을 했습니다.

진

그것들이 참 묘하다고 생각했습니다. '건너지 마오'라고 제목을 지었지만 잘 건너가는 것이 영화의 주제가 되었는데 본마음은 무엇일까 궁금했습니다. 언젠가 그랬어요. "이제 아프지 말고 좋은 데로 갔으면 해요"라고. 할머니가 그 말씀을 하시면서 한참을 우셨습니다. 할머니 마음이 복합적으로 보였습니다. 고통받지 말고 편안히 갔으면 하는, 잘 보내주고 싶다는 마음이 더 크게 느껴졌습니다. 할머니께서 펼치는 행위들이 그렇게 연결이 되는 것 같습니다. 마지막까지 할머니는 제의적인 행동을 하셨습니다.

할머니가 의도하지 않으셨지만 영화의 완성도를 높인 것은 할머니의 이런 행위들이었습니다. 겨울에 눈이 펑펑 올 때 마당에는 눈사람이 있고, 아무도 없는 묘에 눈사람이 올려져 있습니다. 할머니가 마지막까지 진심을 다하여 옷을 태우는 장면. 어쩌면 정신을 놓아버릴 수 있는 그 순간까지 정확하게 자신이 그것을 산 목적을 담아 태우는 장면은 영화에 힘을 주었습니다. 영화에서는 꼬마나 공순이 같은 동물들이 전해준 상징과 교훈이 있었습니다. 그런 것들이 어우러져서 이야기의 완성도가 높아졌던 것 같습니다.

신

인위적인 연출을 할 수 없는 부분이죠. 어찌 보면 이 영화의 복이라는 생각입니다.

진

공순이가 새끼를 낳았는데 수컷 세 마리, 암컷 세 마리였습니다. 할머니와 똑같은 상황이었습니다. 공순이와 자신을 동일시하는 것. 조그만한 개가 새끼를 배고 힘들어하는 모습에 할머니가 안타까워하지요. 그런 중에 이웃집 개 욕을 하지요. 그 장면에서 작은 유머가 곁들여지는데, 관객들이 그 마음을 느끼고 공순이는 단순한 개가 아니야, 라고 생각했을 것입니다. 공순이가 할아버지가 돌아가셨을 때 보냈던 그 눈빛도 관객과 같은 공감의 눈빛처럼 보였습니다. 마당에 숯덩이로 검게 칠한 눈사람의 눈이 툭 떨어진 것은 누군가 죽을 수도 있다는 암시였던 것 같고요. 가실 줄 몰랐으니까요. 그렇게 영화의 자연에서부터 동물에 이르기까지 인위가 아닌 자연스런 연결이 된 것은 분명 복입니다.

신

후반부는 확실히 할머니가 이끌어갑니다. 떠나가는 사람보다는 보내는 사람에게 초점이 맞춰져 있습니다. 그런데 할머니는 자기를 주어로 내세우며 하는 말이 별로 없습니다. '할아버지 죽으면 나는 어쩌나'라고 말할 법도 한데, '우리 할아버지 저승에서 혼자 어쩌나'라고만 말씀하십니다. 놀랍다고 생각했습니다. 영화를 함께 보다가 제 아내가 그러더군요. 아마 할머니는 할아버지 돌아가신 뒤에도 자녀들에게로 가지 않고 저 집에 내내 혼자 사실 것 같다고요.

진

실제로도 그렇게 혼자 사셨죠. 영화 개봉 후에는 자식들에게 잠시 가셨지만요.

신

영화의 마지막 장면을 말해야 할 차례네요. 오프닝에 이미 한 번 나온 장면이기도 합니다. 할아버지의 무덤 앞에 있다가 힘겹게 발걸음을 떼는 할머니의 모습을 아주 멀리서 찍었습니다. 실제로는 어느 정도의 위치에서 찍었을까 궁금했습니다.

진

거리로 치면 15미터 정도였던 것 같습니다. 최대한 와이드하게 카메라 두 대가 돌아갔습니다. 카메라 한 대는 타이트하게 찍고 한 대는 와이드하게 찍게 되었는데요. 이는 일반적인 방식이지요. 보통은 타이트한 것을 중심으로 하고 와이드샷은 만약을 위한 샷이니까요.

리뷰를 하면서 여러 샷들을 봤는데, 와이드한 이 샷을 하나만 쓰는 것이 낫다고 본능적으로 느꼈습니다. 그 장면은 제가 찍은 것이 아니라 멘티들이 찍은 장면입니다. 10개월 동안 함께 배우면서 살았는데 정말 고마운 장면을 찍어주었습니다. 제작비가 너무 부족해서 국제 공동제작을 위해 암스테르담에 나갔는데 출국 후 사흘 만에 할아버지가 돌아가셨습니다는 소식을 들었습니다. 공교롭게도 그날은 제가 IDFA(암스테르담 국제 다큐멘터리 영화제)에서 국제공동제작 피칭을 하는 날이었습니다. 그런데 와서 정말 놀랐습니다. 이 장면을 보고 이것이 처음이고 끝이겠구나 생각했습니다.

신

〈님아〉의 두 분은 두 분만 계신데도 버려졌거나 고립됐다는 느낌이 아니라 그것으로 이미 충만한 세계처럼 보인다는 인상을 줍니다. 그래서 감히 '아름답다'라는 표현을 쓰고 싶습니다. 이 두 분은 지금 선물을 받고 있구나, 하는 생각을 했습니다. 이런 느낌을 오래 간직하고 싶어서 몇 자 적어두었습니다. 한번 읽어보겠습니다.

"나는 이 부부가 진심으로 부러웠다. 행복한 시간을 보여주는 초반 30분을 부러워한 것이 아니라, 오히려 육체의 고통과 죽음의 공포와 이별의 아픔을 통과하는 모습을 보여주는 후반 30분에서, 나는 이 부부를 간절히 부러워했다. 대한민국 강원도에 사는 이 노부부야말로 세상 그 누구보다 작별의 기술을 잘 알고 있는 이들로 보였기 때문이다. 그 작별은, 서로에게 어떠한 원망도 회한도 남아 있지 않은 삶에서만 가능한 작별, 한 생을 바쳐 상대방에게 최선을 다한 사람들만이 경험할 수 있는 작별로 보였기 때문이다. 그리하여 이 작별은 그들이 함께 보낸 지난 70여 년의 삶이 그들에게 준 선물일 것이기 때문이다. 이 영화는 우리가 왜 지금 사랑하는 사람에게 최선을 다해야 하는지를 깨닫게 한다. 살아온 삶이 살아갈 삶을 축성祝聖하므로, 훗날 필요한 작별의 기술은 지금 이 최선의 나날들에서 주어질 것이다."

진

결혼 생활은 인생에서 가장 중요한 부분이기 때문에 이 부부의 결혼 생활은 그 자체로도 좋은 것이고 충분하다는 생각이 듭니다. 그래서 이 부부가 갖는 의미가 남다를 것 같습니다.

신

저에게는 '보았다'라기보다 '배웠다'라는 말이 어울리는 영화였습니다. 이 두 분은 사랑을 한다는 것, 결혼을 한다는 것, 늙어간다는 것, 그리고 마침내 작별을 한다는 것이 어떤 일인지를 제게 가르쳐주셨습니다. 대담 초반부에 이 영화가 '삶에서 죽음으로' 이동하는 구조라고 말했지만, 두 분의 작별은 이 영화를 죽음으로 끝내는 일이라기보다는 오히려 삶의 완성처럼 보입니다. 그러니까 이렇게 수정해야겠습니다. '삶에서 죽음으로, 그리고 다시 삶으로'. 그러나 이 모든 것이 두 분에게는 그저 사랑일 뿐이었겠죠. 그러니까 다시 정확히 말하자면, '사랑에서 사랑으로, 그리고 다시 사랑으로'.

'삶과 사랑에 대한 깨달음'을 주는 좋은 영화 만들어주셔서 감사드립니다.

님아, 그 강을 건너지 마오
-76년 일생의 연인, 변치 않는 사랑의 깨달음

1판 1쇄 2015년 4월 29일
1판 2쇄 2015년 5월 4일

지은이 진모영
엮은이 이재영
펴낸이 김정순
책임편집 배경란
본문 사진 김재송
디자인 김진영
마케팅 김보미 임정진 전선경

펴낸곳 (주)북하우스 퍼블리셔스

출판등록 1997년 9월 23일(제406-2003-055호)

주소 서울 마포구 양화로 12길 16-9 북하우스
전자우편 editor@bookhouse.co.kr
홈페이지 www.bookhouse.co.kr
전화 02-3144-3123
팩스 02-3144-3121

ISBN 978-89-5605-560-2 03810

이 도서의 국립중앙도서관 출판시도서목록(CIP)은 e-CIP 홈페이지(http://www.nl.go.kr/cip.php)에서 이용하실 수 있습니다.(CIP2015011354)